後宮の隠し事

～嘘つき皇帝と餌付けされた宮女の謎解き料理帖～

四片霞彩 Yohira Kasai

アルファポリス文庫

https://www.alphapolis.co.jp/

第一章　餌付(えづ)け開始

「お腹、空いた……」

誰に言うともなく呟(つぶや)いた掠(かす)れ声は、腹の音に紛(まぎ)れるように小さく響き、桜が散り始めたばかりの春宵(しゅんしょう)の中に消えていった。

薄汚れた裾の襦裙(じゅくん)に、底の擦(す)り減った沓(くつ)。そして抱えている竹籠(たけかご)の中には、山のように積まれた衣類が入っている。

見るからに重そうな竹籠を持っているのは、小柄な黒髪の少女だった。

「わっ……」

少女が竹籠の重みに気を取られていると、襦裙の裾を踏んで転びそうになる。籠から洗濯物が落ちかけるのを、どうにか体勢を立て直して踏みとどまると床に置く。

そして袖で額(ひたい)を拭(ぬぐ)うと、安堵(あんど)の息を漏らした。

「ふう、よかった～。危うく洗い直しになるところだった」

少女はあかぎれが目立つ手で竹籠の中の洗濯物を整え直し、再び籠を持って歩きだそうとする。しかし——

ぐぅ～……

彼女のお腹からは情けない低い音が聞こえてきた。

「はあ、お腹空いた……」

少女——高笙鈴（コウショウリン）は、眉を下げて辺りを見まわし、空腹で鳴り続けるお腹を押さえる。

笙鈴の容貌（ようぼう）は、麗人とは言いがたい。薄汚れた頬と痩（や）せぎすの身体は、襤褸（ぼろ）のような服装と相まって貧弱さを強調している。適当に洗って頭の後ろで結った黒髪も、日の出前からの仕事によって形が崩れかかっていた。

笙鈴はふらついてしまうような空腹にもめげず、洗濯が終わったばかりの衣類をそれぞれ部屋に戻していた。機敏に働く彼女の様子にはどこか小動物のような愛らしさがあった。見目こそ襤褸（ぼろ）を纏（まと）い、乙女らしからぬ姿ではあるが、まっすぐな黒い目には輝きと利発さが宿っている。

そうして笙鈴が洗濯物を部屋に戻す作業を半分ほど終え、次の部屋に向かっていた時だった。

突然部屋の外から、情けない女の声と衛兵と思しき男の声が聞こえてくる。

「ま、待ってください！　せめて、話だけでも……！」

「ええい、うるさい奴だな。これは主上のご命令なのだ。逆らう者には容赦はしない！」

「皇帝陛下は何か勘違いをなさっているのです！　私が出入りをする商人と手を組んで、後宮内の調度品や皇族方の所有品を横流ししていたなど……！」

衛兵が槍で地面を打ったのか、鈍い金属音が聞こえたかと思うと女が「ひぃ！」と悲鳴を上げる。

「もう決まったことだ！　今更変えるわけにもいかん。この決定が不服だと言うのなら、無実の証拠を示してみろ！」

「そんな……私や家族にも生活があるのです！　うちは貧しい農村で仕送りが……」

女の言葉が途切れたかと思うと、「んんっー！」と唸る声、石畳の地面を蹴る音が聞こえてきた。

やがて唸り声は金属が擦れる音と重いものを引きずる音と共に、徐々に遠ざかっていった。

（また誰かが追い出されたんだ……）

様子を窺(うかが)っていた笙鈴は一人そう考える。

おそらく女は猿轡(さるぐつわ)をされて衛兵数人がかりで身柄を取り押さえられ、王城の外に連れていかれたのだろう。地面を蹴って抵抗していたようだが、鎧(よろい)を纏った屈強な衛兵たちには敵(かな)うわけがない。

しかし、後宮から追い出されただけならまだいい方だろう。昔、王城に出入りする商人と癒着していたという女官が捕らえられた時は、本人だけではなく一族全員が処刑されたとのことだった。笙鈴は後宮に来た当初こそ驚いたものの、今ではすっかりさっきのような状況にも慣れてしまった。

それよりも、笙鈴には気がかりなことがあった。

（今の女の人、下級女官だろうな……明日からまた仕事が増えるのは嫌だな……）

ただでさえ人が少ないのに、と笙鈴は溜め息を吐(つ)くと竹籠を持ち直す。

（本当は助けてあげたいけど……）

誰かが追い出されそうになっているのに出くわすたびに、いつもそう思う。そのたびにやるせない気持ちになる——

（でもそうしたら今度は私が追い出されて、家族に仕送りができなくなっちゃうかもしれない。だから助けられないけど……やってないのに無実の証拠を示せ、なんて言われても……さすがにこのやり方は無茶苦茶だよ）

笙鈴は自分の中で渦巻(うずま)く感情をぐっと抑えるように竹籠を持つ手に力を込めると、もやもやしながらも残りの衣類を片付けることにする。

ここは――仙皇国(せんこうこく)にある四つの州の一つ。皇帝のお膝元(ひざもと)である、花州(かしゅう)にある王城。どこまでも高く白い石造りの城壁に囲まれた王城の広大な敷地の中には、いくつもの宮や建物が立ち並んでいる。

その中でも季節の花々が彩(いろど)る中庭に隣接し、姦(かしま)しい女官たちの笑い声が響く、赤土造りの建物の一角。笙鈴がいるこの場所は、仙皇国の皇帝一家が住まう後宮だった。皇帝に特別の許しを与えられた衛兵や官吏(かんり)以外は、男性の立ち入りが禁止されている。

本来なら貧乏な下級官吏の娘である笙鈴が働ける場所ではないのだが、これにはちょっとした縁(えん)と理由がある。

この国の皇帝――飛竜(フェイロン)は、非常に疑り深い性格の持ち主であり、気に入らない衛兵や側仕(そばづか)えの女官を次々と後宮から追い出していた。

飛竜の側近たちが衛兵や女官を何人補充しても、主人である飛竜が片っ端からクビにしてしまうので、後宮は常に人手不足であった。側近たちが人手を求めて探しまわった結果、とうとう笙鈴にまで声が掛けられたのが数週間前だ。笙鈴は当時上級官吏の家で下働きをしてはいたが、後宮とはまったく縁がなかったにもかかわらずだ。

ただし後宮勤めといっても下級女官のため、仕事内容はそんなに難しいものではない。広い後宮内の掃除や大量の衣類の洗濯などだ。しかし飛竜が追い出さなかった数少ない下級女官と、他の下働きの者たちだけで手分けするにはやや厳しい仕事量であった。

その分、給金がよかったので引き受けたものの、笙鈴はとある事情によりまともに食事を与えられず、常にお腹を空かせていた。

これなら上級官吏の家で下働きをしていた頃の方がまだよかった。野菜の屑(くず)を煮たような粥(かゆ)や汁物が中心で量も少なかったが、毎日朝と夕には必ず食事が提供された。今のように食べるものがまったくない状況になったことはない。

(でもここで私が後宮勤めを辞めたら、故郷の弟妹(ていまい)たちもお腹を空かせることになるし……)

笙鈴にはまだ幼い弟妹が五人いる。地方で下級官吏をしている父の稼ぎに加えて、病弱な母が細々と続けている内職だけでは、食べ盛りの弟妹たちを満足に育てられない。そうなると、やはり笙鈴の仕送りも必要になってくる。故郷に住む家族のことを考えると、笙鈴は働かざるを得なかった。

ようやくその日に洗濯した衣類を全て元の場所にしまうと、笙鈴はすぐに下働きをする女官たちの厨に向かう。

空腹にもかかわらず笙鈴の足取りは軽く、弾むような勢いだ。

(今日はいつもより早く仕事が終わったから、夕餉が残っているかも！)

そんな期待と共に急ぐ笙鈴だったが、厨から出てきた者によってその望みは打ち砕かれてしまう。

「あら、今になって来たの？」

厨から出てきたのは笙鈴の先輩にあたる下級女官たちであり、笙鈴が食事を取れない原因でもあった。笙鈴は及び腰になりながらも口を開く。

「洗濯物は全て片付けました。それで夕餉を受け取りに……」

「そうなの。でも残念ね。さっき全部空(から)になってしまったの。今日はいつもより早く人が集まったからかしら」

「そ、そんな……」

肩を落とす笙鈴を嘲笑(ちょうしょう)しながら先輩女官たちが去っていく。

これもいつもと同じ陰湿ないじめだと、笙鈴には分かっていた。それでも米粒の一つも残っていないかと、一縷(いちる)の望みをかけて厨に入る。

しかし女官たちの言う通り、すでに食事の提供が終わったのか、下級女官たちの食事を担当する恰幅(かっぷく)のいい女性料理人が後片付けをしていただけであった。

笙鈴が近づくと、料理人は人好きのしそうな顔を曇らせて言う。

「あれ？　笙鈴じゃないか。この時間まで仕事だったのかい？」

「は、はい。そうなんです。それで今から夕餉を食べようと……」

「おかしいね……笙鈴の分は、あんたの仕事仲間の女官たちが受け取って、さっき空の器を返しに来たところだよ。忙しくて本人は返す暇がないから、代わりに来たとか言って」

「そ、そんな……じゃあ、料理は残ってないんですか？」

笙鈴は諦めきれずに尋ねたが、本当に何もないらしい。

笙鈴が後宮の下級女官としてやってきた日から、先輩女官たちによる嫌がらせは続いていた。いじめられる理由に心当たりはなかったが、強いて言うのならば、ここで働き始めた初日に仕事の速さを女官長に褒められたからかもしれない。

前に働いていた上級官吏の家は来客が頻繁にあり、特に泊まりがけの急な来客が多かった。そうした日は通常の仕事に加えて、来客の対応も増えるので、仕事の丁寧さに加えて迅速さも求められた。そのため、自然と速やかに仕事を完遂する癖が身についたのだが、それが気に入らなかったのかもしれない。

聞いたところによると、笙鈴に嫌がらせをしてくる先輩女官たちの大半は、下級女官より格下の身分である下婢の出身だという。そこから血のにじむような努力を重ねて、ようやく下級女官に這い上がったのが彼女たちであるらしい。

後から入った笙鈴が女官長に認められて、やがて今よりもいい待遇になるかもしれないのが——例えば後宮全体の下働きではなく、皇帝一家が暮らす宮での仕事を任されるかもしれないのが許せないのだろう。下級女官であっても家柄や身分の高い者からの推薦を得られれば、そんなことも夢ではない。

先輩女官たちの所業は仕事の押しつけだけならまだいい方で、笙鈴が掃除したばかりの廊下や洗ったばかりの洗濯物を汚されることもあった。今のように食事をもらえないのもよくあることで「笙鈴は仕事で忙しいから代わりに受け取っておく」と料理人に言っては笙鈴の食事まで受け取る。そして自分たちで食べているか、料理人に内緒でどこかに捨てているのだった。

そのため、笙鈴は上級官吏の元で働いていた頃より飢えるようになった。加えて上級官吏の屋敷で働いていた頃とは比較にならない仕事量の多さもあって、痩せ過ぎだった身体がますます細くなってしまった。

料理人は笙鈴の様子を見て困った顔をする。

「あたしも注意しておくべきだったね。本当にごめんよ。後で他の人たちに内緒で何か届けようか?」

「でもそんなことをしたら規則違反ですよ。食材が減っているのがばれたら、今度は料理人さんが皇帝に罰せられてここから追い出されるかも。私なら大丈夫! 今晩くらい我慢できます」

笙鈴はこの料理人も自分と同じく、家族への仕送りのために地方から出稼ぎに出てきて、後宮で働いているという噂を聞いていた。

下働きの中には、地方から仕事を求めて王都に出てきた者たちも多い。その誰もが仕事と、実家に仕送りする金を求めてやってきている。ここを追い出されて困るのは笙鈴だけではない。この料理人も同じ境遇である以上、迷惑はかけられない。

「そうかい……？　でも無理はするんじゃないよ。倒れてしまうからね」

まだ心配そうな顔をする料理人にもう一度「大丈夫です！」と返しつつ、笙鈴は厨を後にする。

とはいえ――

「お腹が空いたな……」

料理人には心配をかけたくなくて嘘をついたが、本当は昨日の夜から水しか飲んでいない。

昨日の夜も今日の朝も、食事を受け取った笙鈴が食べようとしたところで女官長や宦官(かんがん)が呼んでいると先輩女官から嘘をつかれ、席を離れている間に食事を片付けられてしまったのだ。

項垂れていると、再び腹の音が鳴る。

だが笙鈴は首を横に振ると、力強く立ち上がった。

「大丈夫！　だってまだ望みがあるもんね！」

笙鈴がこっそり後宮の庭に出ると、外はすっかり宵闇に包まれていた。

灯りを持っていない笙鈴は建物から漏れる光を頼りにして、どうにか庭木の裏側に行く。それから地面に膝をついた。

城壁の白壁が崩れて穴が空いた場所を手探りで見つけると、腰を低くして中に入っていく。

笙鈴がなんとか通れるくらいの小さな穴を通った先は、どこかの建物の裏庭になっており、そこをまっすぐ歩くと外に繋がる木製の扉がある。

扉から出て、すぐ向かいにある同じ形の木の扉を更に開けると、またどこかの宮の中庭に出る。木の陰に隠れながら、魚が泳いでいる小さな池と白壁の間の細い道を歩き、突き当たりの白壁にぶつかる。その足元には、小さな穴が空いている。

笙鈴が地面を這うようにして足元の穴に入ると、同じ後宮内にある別の宮の植木の裏に出た。

ここは笙鈴が仕事をしている宮とはまったく違い、屋根や柱には豪華な装飾が施され、整備が行き届いている。

笙鈴は今度は、建物に沿って庭を通り抜けていく。こうして立ち並ぶ宮の中を次々と抜け、宮と宮を繋ぐ渡り廊下のある場所の近くまで来た時、遠くから話し声が聞こえてきた。

（誰か来る！）

見つからないように、渡り廊下から見えない建物の陰となる場所で笙鈴は足を止め、膝を抱える。

陰からはみ出た襦裙の裾を引き寄せていると、話し声は徐々に近づいてきた。

「……陛下は今日もお夜食も召し上がらずに、部屋で休まれたそうよ」

「最近そういう日ばかりね。どうなさったのかしら」

音を立てないようにしながら、笙鈴はそっと様子を窺う。

石造りの渡り廊下を歩いていたのは、質のよさそうな豪華な襦裙を身につけ、綺麗に化粧を施した女官たちであった。話の内容からして、どうやらこの女官たちは皇帝陛下である飛竜に仕（つか）えているらしい。

下級女官の笙鈴とは違い、直接皇帝陛下に目通りができる彼女たちは上級女官と呼ばれ、給金だけではなく待遇もいい。下級女官たちが数日おきにしかできない湯浴みも上級女官たちは毎日できるだけあり、常に身綺麗にしている。下級女官たちが禁止されている宝飾品も、ある程度は許されていた。

衣服も下級女官たちとは違って、何度も修繕して古いものを使いまわししなくていい。それに笙鈴のように提供される食事を食べ損ねても、何かしら融通が利いて食事を得られるらしい。

同じ女官でも、このように下級女官と上級女官には雲泥の差がある。

そんな上級女官になるには行儀のよさや教養の高さだけではなく、いい家柄の出身であるか、そういった家の者からの推薦が必要であった。家柄や推薦が、皇帝一家の住まう後宮で働く上級女官たちの身元を保証することになるからだ。

そして万が一、女官が怪しげな動きをした場合は、推薦した者も女官と共に罪に問われる。皇帝や国を脅かすことになれば女官の一族郎党がまとめて処刑されることも珍しくない。

上級女官の世界も、甘くはないと分かっている。だが、なんの後ろ盾もなく、どこにでもいるような下級官吏の娘である笙鈴にとっては、同じ女官といっても上級女官は遠い世界の存在のように感じられていた。

上級女官たちは隠れている笙鈴に気付く様子もなく、そのまま話し続ける。

「陛下は皇后様亡き後も独り身でいらして、そろそろお世継ぎのことも考えてほしいわ……未だに子供が皇女様お一人だけというのもね……」

「そのうち、私たちも寝所に呼ばれて召し抱えられないかしら？」

「またそんな夢物語のようなことを言って！」

「いいじゃない、他国ではそんな話もあるのだから夢を見たって！　この国だって、先代の皇帝はそうして多くの側妃を持っていらしたし……！」

「でもそれが原因で先代の皇帝が崩御された時に、皇后や側妃の皇子たちの間で皇位争いが起こったじゃない。王城どころか国中が戦火に包まれて、他の州まで死体の山よ。無関係の民も大勢死んだらしいわ」

「噂ではその時に殺された女官や側妃、皇子たちの霊が後宮内で彷徨っているらしいじゃない。亡き皇后様の宮の辺りにも……」

話し声が近づいてきて、笙鈴が隠れている建物の近くを通り過ぎる。

興味深い話に耳を傾けていた、その時——風に乗って笙鈴の元に、饅頭（マントウ）の匂いが漂ってきた。

（あっ！　今日も作っているんだ！）

空腹は最高の調味料（スパイス）とも言うが、蒸し立ての饅頭（マントウ）の匂いが笙鈴の食欲を刺激する。

ここまで来たのなら目的の場所までもう少しで着くというのに、女官たちのせいですぐに行けないのがもどかしい。

笙鈴はホカホカの饅頭（マントウ）とそれを食べる自分を想像して、うっとりと酔いしれそうになる。が、すぐに頭を横に振って食べ物の幻想を打ち消す。

（ダメダメ！　今は話を聞かないと！　こういうなんでもないような話が、いつか何かの役に立つかもしれないんだから！）

だが女官たちの話が気になるものの、情けないことに笙鈴の空きっ腹は食べ物に反応してしまう。集中しようにも、気を抜くと意識がこの先で待つ料理に持っていかれそうになる。必死に我慢しようとするが、空腹の限界を迎えた笙鈴の頭は、まともに働いてくれなかった。

（きっと、今日も美味（おい）しいんだろうな～）

美味しそうな匂いに口から垂れそうになる涎（よだれ）を我慢していると、空腹のお腹が音を立てる。

その音は思っていたよりも大きく、渡り廊下にまで響いてしまった。

「あら？　何かしら今の音は？」

そう言って一人の女官が足を止めると、他の女官たちも同じように立ち止まってしまった。

「何か聞こえた？」

「聞こえた気がしたのだけど……」

「私も何か聞いたような……」

「きっと気のせいよ。それか、どこかに汚らしい『溝鼠（ドブネズミ）』でも紛れ込んでいるのでしょう」

上級女官の一人が吐き捨てるように言った「溝鼠」という言葉に、笙鈴の心臓が大きく跳ね上がる。心臓の音が女官たちに聞こえてしまうのではないかと緊張が走るほどだ。

女官たちに早く立ち去ってほしいと思いながら、笙鈴は建物の壁に背をつけると、ますます身を縮める。

「ああ、『溝鼠』ね……そういえば何か月か前も汚らしい『溝鼠』が後宮内の残飯を漁っていたって話題になっていたわね。あの『溝鼠』なら確か捕まって、牢に入れられたような……」

「その話なら聞いたわ。私の知り合いの、そのまた知り合いの女官が見たんですって。早朝に仕事をしていたら皇帝付きの衛兵が捨てていたらしいわよ。その『溝鼠』の死体を」

女官たちは嗤笑しながら渡り廊下を通り過ぎる。

女官たちがいなくなり、声が遠くなっても、笙鈴はしばらく息を潜めてその場で待っていた。

（もう出てもいいかな……）

おそるおそる顔を出して渡り廊下に誰もいないことを確認すると、ようやく安堵の息を吐く。

上級女官たちが話していた「溝鼠」というのは、笙鈴の前に下級女官をしていた者のことに違いない。笙鈴に嫌がらせをしてくる先輩女官たちが、笙鈴が来る前に嫌がらせをしており、彼女は笙鈴と入れ違いになる形で後宮から追い出されたと聞いている。

なんでも笙鈴と同じ方法で嫌がらせをされ、とうとう空腹に耐えきれなくなって皇帝一家の残飯に手をつけてしまったところ、それが皇帝付きの衛兵に知られて手酷い罰を与えられたという。そして、後宮から放り出されたと聞いている。

だがその後に下級女官の姿を見た者がいないことから、実は下級女官は処刑されており、骸（むくろ）は後宮の外に捨てられたのではないかというのがもっぱらの噂だ。

（そんな酷い扱いを受けるなんて……）

だが、食べ物に困ったことのない上級女官たちからしたら、残飯を漁っていたら同じ女官であろうが仲間でもなんでもなく、全て溝鼠としか感じないのだろう。

実際に下級女官の笙鈴は数日おきにしか身体を流せず汚い格好をしているので、溝鼠のような見苦しさは否定できなくないが……

そんな考えに捉われながらも、笙鈴は他の者たちと鉢合わせをしないように注意深く周囲を見渡す。そして誰もいないことを確認すると、鳴り続ける腹を抱えたまま、建物の陰に隠れながらまた歩きだした。饅頭（マントウ）の匂いを辿（たど）るようにして……

そのまま少し歩くと、わずかに開けられた窓から小さな煙が立ち昇る古ぼけた建物が見えてくる。

笙鈴はもう一度周囲を見まわし誰もいないことを確認すると、やっとたどり着いた建物の中に入っていく。

「こんばんは～！　今日もつまみ食いに来ました！」

「まったく……今日も食い物の匂いに釣られてやってきたのか、鼠娘」

出迎えたのは、油染みで汚れた藍鉄（あいてつ）色の長袍（チャンパオ）を着た料理人の青年だ。艶（つや）のある漆黒（しっこく）の長い髪を頭の上で一つに結び、年の頃は笙鈴より十ほど上と思しい。しかしその青年の厳（いか）めしい罵声（ばせい）も、笙鈴には気にならない。というのも、彼の手には見るからに具がぎっしりと詰まった、蒸し立ての包子（パオズ）が載った皿があるからだ。

青年は笙鈴の視線の先が自身ではなく、自身が持つ皿に向かっているのに気付くと、眉間（みけん）の皺（しわ）を深くする。

「よくもまあ、飽きもしないで俺の料理を食べに来るものだな」

「えへへ……だって竜（ロン）さんの作る料理はどれも美味しいんだもん」

「やっぱり、鼠だな」

「鼠じゃありません！　もう、年頃の娘に失礼じゃないですか！」

ぶっきらぼうな竜の言葉にもめげず笙鈴がそうっと包子（パオズ）に手を伸ばそうとすると、竜は大げさな溜め息を吐く。

「手ぐらい洗え」

そして皿に伸ばしかけた笙鈴の手をパシッと叩いて皿を持ち上げると、そのまま卓に持っていってしまった。

笙鈴が叩かれた手にふーふーと息を吹きかけていると、竜は背を向けたまま呆れたように話す。

「つまみ食いする気で来たのなら、いつまでもそこに突っ立っていないで中に入ったらどうだ？」

「は～い！　じゃあお言葉に甘えて失礼します！」

笙鈴は言われた通りに手を洗うと、卓に着く。

そこには先程竜が置いた包子（パオズ）以外にも、水餃子（スイギョーザ）、小籠包（ショーロンポー）、春巻き、麻婆豆腐（マーボードウフ）、白湯（パイタン）などがすでにところ狭しと並んでおり、ますます空腹を刺激された。

竜は笙鈴に「鼠娘」という口さがない罵声を浴びせてくるが、こうして笙鈴のためにいつも料理を提供してくれる。だから笙鈴にとって竜が言う「鼠」は、女官たちが蔑(さげす)んで言う「溝鼠」という言葉とは違った響きをもって感じられる。

笙鈴は料理に目を輝かせながら、まだ料理を作っている竜にちらりと視線を移す。

竜は料理人ながらも引き締まった身体つきをしており、重い鍋(なべ)を軽々と扱う腕は、袖から覗く部分だけでもほどよく鍛えられているのが一目で分かる。背中に流した長い髪を揺らしながら真剣に調理に向き合う横顔には、どこか気品さえ感じられた。

竜には絶対に言わないが、実はその料理人らしからぬ貴族のような佇(たたず)まいは、異性にまったく興味がない笙鈴でも時折魅了されそうになることがある。

「おい、食わないなら下げるぞ」

そんな思いに耽(ふけ)っていると竜に言われ、笙鈴は慌てて目を卓に戻す。

「だめですよ、そんなのっ！　いただきま～す！」

それからお腹がペコペコの笙鈴は、夢中になって食事に手をつけ始める。

白い湯気を立てる蒸し立ての包子(パオズ)は中身の肉と野菜の餡(あん)から溢(あふ)れ出てきた旨(うま)みを濃縮した汁が熱々で、舌を火傷(やけど)しそうになる。白濁した汁物である白湯(パイタン)には、ほどよく煮込まれた野菜がたっぷり入っていて、出汁として使用したのか魚介の味がした。

きつね色に揚げられた細長い春巻きはパリパリと音を立て、中に詰まった筍や椎茸などの餡はひき肉や春雨と絡み合ってトロトロと口中でとろけ合い、噛めば噛むほどに旨みが溢れた。

火を通した焼餃子はサクッと焼かれた皮の触感がたまらない。ほのかに香る胡麻油が韮と葱の刺激的な匂いと絡み合い、白菜の甘みと脂身を多く含んだ豚肉の具を引き立てた。普段食べる瑞々しい水餃子も喉ごしがよく食べやすいが、焼いた餃子も春巻きとは違った趣と新しさがあった。

豆腐が賽の目状に均等に切られた麻婆豆腐は、辛さを連想する赤色をしていながらも、唐辛子の量を調整しているのか辛過ぎずに食べやすい。とろみのある餡の中にコクのある甘みをわずかに感じられるので、呑み込んでしまうのがもったいないくらいだ。強火で炒めた時に消えてしまう大蒜や生姜などの香味野菜の香りをほんのり残しているので、ますます食が進むのだった。

卓いっぱいの料理を箸を休ませることなく食べ続ける笙鈴の前に茶を置きながら、竜は呆れた顔をする。

「しかし、今日もよく食うな？」

「どれも美味しいです！　まともな食事は昨日ぶりなので、いくらでもお腹に入りそうな気がします」

「……昨日ぶり？　いくら下級女官でも食事くらい出されるだろう」

「そうなんですけどね。その……ちょっと色々理由がありまして……」

「理由？　どうせ卑（いや）しい鼠娘のことだ。料理が少なくて食べ足りないんだろう」

「違っ……いえ！　実はそうなんです。料理が食べ足りなくて困っていて、あははは……」

　心配をかけさせたくないと、とっさに笙鈴が言葉を濁したからか、それ以上は竜も何も聞いてこなかった。その代わりに、どこか訝（いぶか）しむように眉を顰（ひそ）める。

「……まだ試作の段階だが、湯圓（タンユエン）もあるぞ。食後に食ってみろ」

「いいんですか⁉　ありがとうございます。食べます！」

　笙鈴は目の前に並べられた料理をすっかり平らげ、試作品と言いつつも完成度の高い湯圓（タンユエン）——餡を餅粉（もちこ）で包んだ甘味（かんみ）も堪能した。

◆

笙鈴が初めて竜と出会ったのは、後宮で働き始めたばかりの頃だった。

その日も笙鈴は先輩女官たちの嫌がらせが原因でたびたび食事を捨てられ、お腹を空かせていた。だが後宮に来たばかりということもあって、その頃はまだ先輩女官たちが笙鈴に嫌がらせをしていると知らず、自分だけ食事が出されないことを不思議に思いつつも働いていたのだ。

笙鈴は、この日はとうとう空腹が限界に達してしまい、なんでもいいから口にしたくて仕方なくなった。生えている草花に食べられるものがないかと薄闇の庭を探しまわる。

すると――風に乗ってどこからか饅頭や胡麻油の匂いが漂ってきたのだ。そして匂いを頼りに白壁の穴を通り、見知らぬ建物沿いに進むと、竜が料理を作るこの場所にたどり着いたのだった。

竜と出会った時の笙鈴は今よりもっと薄汚れた格好をしていた。そのせいか竜からは開口一番に「溝鼠‼」と言われて外に追い払われた。けれどもおこぼれだけでももらえないかと外から中の様子を窺っていたところ、しばらくして竜が完成した料理を一口も食べずに捨てようとしていた。ちなみに後から知ったが、あまり上手くいかなかった試作品だったらしい。

笙鈴は半泣きになりながら竜にしがみついた。そして自分が空腹であることを竜に話し、捨てられるところだった料理をくれないかと頼んだのだった。

竜は最初こそやめるように言ってきた。だが包子（パオズ）を持った笙鈴が泣きながら食べている姿を見ているうちに情が湧いたのか、はたまた呆れ果てたのか、作った料理を無言で出してくれるようになったのである。

◆

「は〜！　今日も美味しかった！」

「本当に変わった鼠娘だな。俺が料理に毒を盛っていたらどうするつもりなんだ？」

笙鈴が食後に茶を飲みながら月餅（げっぺい）を食べていると、竜が嫌味を言うように声を掛けてきた。

「えっ、竜さんが毒を盛るんですか？　まさか竜さんは暗殺者とか？」

皇族が毒殺されるというのは、この仙皇国の歴史の上では珍しいことではない。

そういえば何度か竜の料理を食べに来ているが、笙鈴は竜が食べているのを見たことがない。竜に料理を食べないのかと聞いたがそのたびに無視されるので、何か理由があって食べないのかもしれないと考えていた。

ちなみにこの場所で竜が料理をするのは夜だけだ。仕事を抜け出して昼間に来ても、ここには竜どころか誰もいない。それもあって笙鈴は、竜は皇族の夜食を担当する料理人ではないのかと思っている。夜食担当の料理人はいつでも料理を提供できるよう毒見役も担うため、皇帝の信任を得ている者の中から選ばれると聞いたことがある。男性である竜がここにいるのも、そのためだろう。

きっと昼間の竜はどこか別の場所で休み、夜間になるといつ皇族から夜食の所望があってもいいように、ここで待機しているのだ。

「……お前の食欲に呆れているだけだ。本気にするな」

「いたたたっ……！」

そんなことを考えていると竜に人差し指で額をグリグリと押されて、笙鈴は声を上げる。

竜は人差し指を離すと、「茶のお代わりは？」と茶壺(ちゃこ)を持ち上げる。

「お代わりください……」

笙鈴が額を押さえていると、竜は茶壺から茶を注いでくれた。

「まったく……ここで食わせないと、お前のことだ。その辺に落ちているものでも平気で拾い食いするだろうからな」

「心配してくれるんですか？」

「お前は本当に随分とおめでたい頭をしているな」

「そ～ですか？　そんなことはないと思うんですけど～！」

「言っておくが、褒めてるわけじゃないぞ」

笙鈴が笑っていると、竜は冷ややかな視線を送ってきたのだった。

竜にはぞんざいな扱いをされているが、笙鈴にとってこの場所での時間は、空腹を満たすだけでなく、唯一気楽に話せる相手と過ごす貴重な時間だった。

後宮で働く笙鈴には竜以外、親しく話せる間柄の者が誰もいない。先輩女官たちは意地悪を繰り返してばかりでまともに口をきいてくれず、宦官の中にも親しい者はいない。たまに言葉を交わすことはあるが、本当にただそれだけだ。

笙鈴と話をしてくれるのは、夜半だけここで料理をする竜のみ。といっても、笙鈴が一方的に話すばかりで、竜はたまに相槌を打つだけだが。

後はただ聞き役に徹しているのか、無視しているのかよく分からなかったが、笙鈴はそれでよかった。後宮で働く孤独な笙鈴にとって、この時間だけが数少ない人の温もりを感じられる至福の時だったからだ。

その時、竜が自分の分の茶から口を離してそっと息を吐くと「ところで鼠娘」と珍しく話しかけてきた。

「最近、氷水……様はどうしている？」

「氷水様って……皇帝陛下の一人娘の氷水様ですか？」

藪から棒に振られた話があまりにも意外な内容だったこともあり、笙鈴は首を傾げてしまう。

氷水は七歳になる仙皇国の皇女であり、この世界で唯一、飛竜皇帝の血を引く娘でもある。

氷水の母親は、仙皇国から遠く離れた西の国から同盟の証として嫁いできた王女だ。

いわゆる、政略結婚である。

皇后となった彼女はその翌年には妊娠、出産をした。その時に生まれたのが氷水だ。

西の国特有の白い肌に日の光のような金髪、澄んだ青い目をしていた皇后。そして仙皇国人らしい黒髪、黒目の飛竜。二人の血を引いた氷水は、白い肌に漆黒の髪、澄んだ青い目をした可憐な姫として誕生したという。

笙鈴は間近に見たことはないが、両親が見目麗しい顔立ちをしていることもあり、氷水も非常に美しいと噂されている。子供特有の愛らしさも合わせ、氷水より美しい者は存在しないという話だ。そのうちとうとう後宮内では「仙皇国一の美少女」とまで言われるようになっていた。

（なんで急に氷水様のことを尋ねてくるんだろう……？）

そう考える笙鈴をよそに、竜は続ける。

「そうだ。最近の氷水様の様子はどうだ。元気にしているか？」

「どうかと聞かれても……私は下級女官なので、皇女様に直接お目通りできる身分でもないですし……」

そもそもどうして一介の料理人である竜が皇女の様子を聞くのか笙鈴には不思議

だった。皇族の夜食を担当しているのかもしれないが、氷水が元気かどうかは料理人の仕事とは関係ない気がする。

「些細なことでもいい……最近、表舞台に出てこないだろう」

「ただの料理人である竜さんが、どうして皇女様を気にするんですか……？　あっ！　まさか美少女って噂の皇女様に、邪な感情を抱いているとか？」

「はぁ……こっちにも色々と事情があるんだ」

笙鈴にからかわれ、竜はうんざりした顔で返事をする。

竜が皇女を気にする理由は気になるが、あまり深く追及しても竜が料理を食べない理由を尋ねた時と同じで無視されるかはぐらかされるだけだろう。時機が来て、そのうち教えてくれるのを待つしかない。

そう考えた笙鈴は、氷水について思い出そうとする。

笙鈴は下級女官なので、皇女である氷水に直接会うことは叶わない。皇族たちに直接会えるのは側付きである上級女官くらいで、笙鈴のような下級女官はせいぜい遠くから姿を見るだけで精一杯だ。

（仮に近くに来ても、叩頭するから顔が見えないんだよね）

皇族と間近で会う機会があったとしても、笙鈴たちは皇族が許すまで顔を伏せていなければならない。なので顔を見ることはなかなか難しい。不用意に頭を上げれば、不敬としてその場で斬り捨てられかねない。

「遠目から見ただけですが、お元気そうでしたよ」

笙鈴は仕事中に偶然氷水を見かけた時のことを思い返してそう答えた。といってもかなり離れたところから目にしただけなので、詳しいことまでは分からないが。

「でもそういえば皇后様が亡くなってから、なかなか後宮内のご自分の宮から出てこなくなったらしいですね……」

氷水の母親であり飛竜の妻でもあった皇后は、二年前に病気で亡くなった。それ以来、氷水は籠(こも)りがちになり、ほとんど自室がある宮の外に姿を見せなくなったと聞いている。飛竜も皇后亡き後、別の女性を皇后に迎えていない。

世継ぎのために飛竜には早く別の女性を後宮に迎えてほしいと官吏たちは言っているらしいが、未だにそんな気配すらない。

国の将来を危惧(きぐ)した――あるいは外戚(がいせき)となって皇帝に取り入ることを目論(もくろ)む――重鎮(じゅうちん)たちが自分の娘や孫娘を後宮に送っても、すぐに飛竜によって送り返されてしまうとのことだ。

「やはり母親を亡くしたのが原因か……」

竜が独り言のように小さく呟いた。

「氷水様が宮から出ないのも気になりますが、そもそも氷水様の父親である皇帝陛下は、どうして氷水様に会いに来ないいんですかね？」

月餅を食べながら笙鈴が尋ねると、手の中で茶器を揺らしていた竜の手が一瞬だけ止まったように見えた。

「それは……おそらく、皇帝陛下には皇帝陛下なりの考えがあるんだろう」

「そーなんですね」

「それより鼠娘」

「なんですか？」

笙鈴は月餅の最後のひと欠片を呑み込むと、茶に口をつける。

「お前、氷水様の身辺を探れるか？　特に氷水様を傷付ける者がいないか調べるんだ」

竜の言葉に驚いて飲んでいた茶が気管に入ってしまい、笙鈴は「ゴホゴホッ……」とむせる。

「えっ……！　なんで私が⁉　というか、なんで竜さんがそんなことを気にするんですか⁉」

「散々餌付けしただろう。タダ飯食いをする気か。鼠娘」

「え、餌付け……⁉」

鼠に食べさせるから餌付けか……と納得するわけにもいかず、笙鈴は断固として断る。

「嫌ですよ！　ただでさえ仕事で忙しいのに、氷水様を探る機会なんてありませんよ！　氷水様が気になるなら、竜さんが探ればいいじゃないですか」

「俺には色々と事情があるんだと言ってるだろう」

わざとらしく目を逸らした竜に、もしかして竜が夜食を作っている相手は氷水ではないかと笙鈴は考える。氷水が竜の作った夜食を食べないから、心配して様子を探るよう頼んでいるのではないかと。

餌付けというのは心外だが、竜に世話になっている笙鈴は仕方なく言う。

「……分かりました。いつも美味しいご飯をいただいているので、それくらいはやってもいいです。でも私も女官として自分の仕事があるので、基本自分の仕事を優先します。そのついでに手が空いた時だけです」

ちらっと竜を見ると、いつもの横暴で偉そうな雰囲気はどこにいったのか、ただ安心したように「そうか」と小さく笑みを浮かべていた。竜らしくない姿に、笙鈴は違和感を覚える。

（そんなに氷水様のことが気になるの……？）

相手が笙鈴だったら、きっと竜はここまで心配しない。薄汚い鼠が顔を出さなくなったとしても、皇帝の命令で王城から追放されただけだと考えて済ませてしまうに違いない。

相手が皇族の氷水で、現状この国で唯一皇帝の血を引く直系の娘だから気にかけているのだろうか。それとも笙鈴が知らないだけで、氷水が表舞台に姿を見せないことが、王城内で余程深刻な問題となっているのか。

「じゃあ頼んだぞ、鼠娘」

「鼠娘じゃなくて笙鈴です！　いい加減に名前を覚えてください。その代わり、報酬に見合った料理を食べさせてくださいね。いつもより高いお肉やお魚、あと珍味とか」

「……考えておく。だが先に言っておくが、用意するとしてもあくまで成功報酬としてだ。成功もしていない時点で労うことはないぞ。お前が頼みを放り出して雲隠れする可能性だってあるからな」

「雲隠れって……人に頼み事をしておきながら、私が無責任みたいに言わないでくださいよ。傷付きます」

やっぱり断ろうとしかけたものの、氷水のことを話す竜がいつになく真剣だったことを思い出して笙鈴はぐっと言葉を呑み込む。代わりに茶器を傾けて中身を空にすると、「ご馳走様でした」と両手を合わせたのだった。

「じゃあ、また匂いに釣られてやってきます」

「たまには頭や衣服に草やら蜘蛛の巣やらをつけずに来い」

「えー、これでも最近は身綺麗にしているつもりなんですよ?」

初めて会った時、竜に「溝鼠」と呼ばれた原因の一つである葉っぱや蜘蛛の巣は、今はこの建物に入る前に落としている。それに、下級女官なので毎日沐浴することはできないとはいえ、最近はなるべく身体を拭いて襦裙も着替えるようにしていた。

「綺麗にしているつもりなだけだろう。まったく……いいから、次は正面から入ってこい。道は前に教えただろう」

「はーい」

笙鈴は確かに抜け穴を通らずに来られる道を教わっていた。ただ食べるのに夢中だったせいで、ほとんど覚えていない。

だが正直にそう言うわけにもいかず、笙鈴がいい加減に返事をすると、竜は「待て」と立ち上がりながら引き留めてくる。

「今、適当に返事をしたな?」

「そ、そんなことはないですよ……」

「嘘つけ」

竜に鼻を引っ張られて笙鈴は「いたたたたっ……!」と声を上げた。

竜は顔をしかめながらすぐに鼻を離し、小ぶりな包みを押しつけてくる。

「持ってけ。今日作った料理の余りだ」

「もらっていいんですか?」

いつもは土産(みやげ)をくれないので受け取っていいのか戸惑ってしまう。笙鈴が竜と包みを見比べていると、竜は目を逸らしながら口を開いた。

「今日一日何も食べてないと言っていたが、最近、まともに食べていないいんじゃないか？　そんなことをしていたら、いずれ倒れるぞ」

「もしかして竜さん、心配してくれるんですか？」

「失敗して衛兵たちに捕縛されるだけならいいが、皇帝陛下や氷水……様にまで迷惑をかけるような騒動になっても困るからな。もちろん、俺に面倒をかけられるのが一番迷惑だ」

ふん、と息を吐きながら面白くなさそうに言って、顔を背ける竜。だが竜の意図するところに気付いた筌鈴は満面の笑みを浮かべながら包みを受け取ったのだった。

「ありがとうございます。実はここ最近、まったく食べられない日が続いていたので嬉しいです」

「食事なら提供されるだろう。なぜ食べられない」

ここまで言ってしまったのなら、さすがにこれ以上隠すのは難しいだろう。筌鈴はそう思い、頭を掻きながら素直に白状する。

「あはは……他の女官たちに取られちゃうんです。食べられるのか、捨てられているのかは知りませんが」

「そんな奴がいるのか……」

竜は何か考えている様子を見せる。

だが笙鈴はそれに気付くことなく、竜にお礼を言うと来た道を戻ったのだった。

第二章　氷水（ビンスイ）

竜（ロン）から氷水について探るように命じられた次の日の昼過ぎ。笙鈴（ショウリン）は自分の仕事が落ち着くと、掃除をするふりをしながら氷水の宮へとやってきた。

（今日、何かあったのかな……）

いつもなら笙鈴に自分たちの仕事を押しつけてくる先輩女官たちが、今朝は朝餉が終わった直後に女官長に呼ばれてどこかに行ったきり戻ってこなかった。それもあって今日は自分の仕事をするだけで済んだので、いつもより早く手が空いたのだ。

（中庭、綺麗……）

赤い柱が並ぶ廊下、落ち葉や花びらの一枚も落ちていない春の中庭。美しい氷水の宮の景色に、笙鈴は目を奪われていた。のどかな陽春（ようしゅん）の庭では、先程から鶯（うぐいす）が鳴き、雀（すずめ）のさえずりが絶え間なく聞こえている。

上級女官と遭遇した時に怪しまれないように雑巾と箒（ほうき）を持って氷水の宮に来たが、

どうやらあまり意味はなかった様子だ。さすが皇女の宮だけあって、笙鈴が掃除する必要もなく清潔に保たれている。

（こういうところは掃除も厳しいんだろうな……）

そんなことを考えながら、ついつい庭に見入っていると、幼い少女の声と女性たちの姦しい声が聞こえてきた。

（どこから聞こえてくるんだろう……）

笙鈴は見つからないように中腰になり、声が聞こえてきた方に向かう。建物に沿って歩いている間も、少女と女性たちの話し声は絶えずに聞こえていた。

笙鈴は目的の部屋を見つけると箒を近くの壁に立てかけて、窓から中を覗く。すると椅子に座った可憐な少女の周りで、濃艶な格好をした数人の女官が話しているのが見えた。

どうやらここが氷水の部屋のようだと笙鈴はあたりをつける。

（もしかして、あの子が……）

氷水と思しき華美な礼装に身を包んだ白皙の少女は、長い黒髪を背中に流し、澄んだ色の青い目を伏せて豪華な椅子に座っていた。

（想像以上に可愛い～！）

今は目を伏せているが、微笑んだらきっと牡丹の花のように愛らしいに違いないと笙鈴は思う。自分の弟妹が幼い時もそうだった。

（でも、何か様子が変……？）

氷水の周りにいるのは氷水よりも綺羅を飾った女官たちだ。幼い氷水の化粧が薄いのはおかしなことではない。だがいくつもの宝飾品で身を飾り仕立てのいい襦裙に身を包んだ女官たちの前では、清楚な氷水は霞んでしまっているようにさえ見える。

（女官が主人の氷水様よりも目立っていいものなの……？）

ただ笙鈴の先輩女官たちも汚い仕事は笙鈴に押しつけて綺麗に着飾ることで、できることなら皇帝の目に留まって側妃になろうとしていた。もしかしたら笙鈴がおかしいだけで女官とはそんなものなのかもしれないが、それにしても随分派手だ。

女官たちは氷水の目の前で高価そうな螺鈿細工の装飾がされた箱を開けて、中を見ている様子だ。何かを探しているようにも、物色しているようにも見える。

「氷水様、先程も言った通り、この中にはありませんよ」

「本当にここに入れたんだもん……お母様の首飾り、ここにあったの見たんだもん……どうしてないの？」

「そんなことを言われましても、ねぇ……」

「困りましたわねぇ。氷水様のような青い目だと、普通とは見え方が違うのかしら」

女官たちは氷水を貶すような言葉を臆面もなく口にすると、顔を見合わせてクスクスと笑い合う。

氷水は突然立ち上がって女官から箱を取り上げ、その場に中身をぶちまけた。

「氷水様！」

「本当にこの中に入れたんだもん！　嘘ついてないもんっ……！」

「誰も嘘とは申しておりませんわ！　ねぇ？」

氷水を咎めていた女官が他の女官たちに同意を求めると、他の者たちも「そうですわ」と頷く。

その反応がますます癇に障ったようで、氷水は顔を真っ赤にして膨れてしまう。

「それなら、どうしてお母様の首飾りがないの!?　大切なお母様の形見なのに……」

「氷水様は私たちの中に盗人がいると思っているんですね」

「わっ、わたし、そんなこと、言ってない……！」

「酷いですわ。氷水様に盗人扱いされるなんて。私たちはこんなに氷水様に尽くしていますのに」

「やはり西の国の血が流れない者は信用してくださらないのですね」

「…………」

好き勝手な言葉を浴びせられ、皇女にもかかわらずのけ者にするような扱いをされて、氷水は俯いて黙ってしまう。

「何をやっているのですか？」

その時、一際見目麗しい女官が扉を開けて姿を現し、沓音を高く鳴らしながらやってくる。彼女は赤面して今にも泣きだしそうな氷水を見ると、氷水を嘲笑っていた女官たちに冷徹な一瞥を向ける。

「みっともない……外にまで氷水様と、貴女たちの声が聞こえていますよ」

他の女官たちと同じような襦裙姿からして、この女官も同じ氷水付きの女官なのだろう。しっかり手入れのされた黒髪や適度に紅をさした頬、あかぎれ一つない白い手は絵に描いたような端麗さで、加えて大人の女性特有のどこか謎めいた妖艶な雰囲気がある。彼女の鮮麗さは、この室内にいるどの女官よりも際立っていた。痩せ過ぎで手足や髪も最低限の手入れしかできていない笙鈴は到底太刀打ちできそうにない。

　唯一、彼女に匹敵しそうなのは氷水くらいだが、この女官が纏う妖美さは氷水が持つ可憐な美しさとは明らかに種類が違う。優美な女官というよりも、花街で男たちに色を売るという妓女のような印象だ。

「峰花、貴女こそどうしてここに……官吏に呼ばれたんじゃなかったの？」

　ざわつく女官のうち一人に聞かれ、峰花と呼ばれた女官はそっけなく答える。

「そちらの用事ならもう終わりました。先月辞めた者の代わりとなる新しい氷水様付きの女官として、現在後宮で働く何人か紹介されました。ですが特に相応しい者はいませんでしたから……それで？　貴女たちはここで何をしていたのですか」

　峰花はぴしゃりと言い、室内を見渡していたが、やがて笙鈴が室内を覗いている窓にも視線を向ける。目が合いそうになった笙鈴は、慌てて窓の下に隠れた。

（こ、怖～い！）

　絵に描いたように顔が整っている分、怒っている時の顔も迫力があった。峰花の厳しい態度に、女官たちだけではなく氷水までもが圧倒されて黙っている。

　しばらくして、おずおずと女官の一人が話しだす。

「これはね、その……氷水様が私たちを責めたのです。女官の誰かが氷水様が大切にされていた皇后様の首飾りを盗んだと言いだして……」

「盗んだなんて言ってない！　どうしてないのって、聞いただけだもん！」

袂(たもと)で目を押さえて泣くふりを始める女官を見て、氷水は必死で弁解する。

峰花は溜め息を吐いて他の女官たちに退室するよう伝えると、氷水と二人きりになった。

峰花は氷水に近づいて膝をつくと、彼女の顔を覗き込みながら話す。

「氷水様、もう一度探してみましょう。私も一緒に探します」

氷水は今にも泣きだしそうな顔のまま、峰花をじっと見つめる。

「峰花もわたしが嘘をついたって言うの？」

「そうは申しておりません。もしかしたらどこかに置き忘れただけかもしれませんわ。散歩に行かれたところや、いつもの勉強部屋にでも……」

「お母様の首飾りはどこにも持っていっていないもん！　絶対、ぜったい、この箱に入れたはずだもんっ！」

「ですが、ここにないのなら他の部屋かもしれませんわ。氷水様が分からなくなっているだけで……」

「本当にあったんだもん……ここから持っていっていないもん……」

一見すると峰花は優しく接しているように見えるが、要は氷水がどこかに置き忘れて、それを忘れているだけだろうと言っているも同然だった。これでは他の女官たちと同じように、遠まわしに氷水を責めているだけに過ぎない。

氷水はやがて表情が曇っていき、小声で何かを呟きだす。外にいた笙鈴には聞こえなかったが、氷水の口の動きから察するに「嘘ついてないもん……」と言っている様子だ。

だがより近くにいる峰花は聞こえているのかいないのか、そっけなく立ち上がる。

「氷水様の大切な首飾りは私たちで引き続き探します。氷水様は皇帝陛下の娘として、しっかり勉学に励んでくださいましね」

「お母様の首飾りが……」

「もうすぐ礼儀作法の先生が来ます。用意ができたら呼びに参りますので、氷水様はここでお待ちくださいませ。箱の中身は私たちが片付けますわ」

「必要ない……自分で片付けるから」

「ですが……」

「いらない！　誰も入らないで！　あっちに行って‼」

氷水はこれまでの我慢が限界に達したのか大きな声を出す。いくら相手が自分より年下であろうとさすがに主人の命令には逆らえない様子で、峰花は退出の礼をすると部屋からいなくなった。

一人残された幼い皇女は、両手で顔を押さえて泣きだしてしまう。

「嘘ついてないもん……お母様の首飾り、本当にここにあったんだもん……」

しゃくりあげながらグズグズと泣きだす氷水を見て、笙鈴は胸を痛める。

その時、ふいに傍(かたわ)らで何かが地面に倒れた音がして、心臓が飛び出しそうになる。

見ると笙鈴が壁に立てかけていた箒が、地面に転がっていた。

（しまった！）

中を覗いていたことを咎められる前に箒を持って逃げようとした時、室内から「だあれ？」と声が聞こえてくる。

「誰かいるの？」

軽やかな足音が窓辺に近づいてきたかと思うと、部屋の内側から窓が開け放たれた。

笙鈴はとっさに窓の下に身を隠すと、片手で口元を押さえて息さえも堪(こら)えようとする。

（ま、まずい……）

氷水に見つかったらきっと不審者と思われて人を呼ばれるに違いない。そう考えて、笙鈴は慌てた。そうしたら氷水や飛竜(フェイロン)の命令で罰を与えられ、後宮を追い出されるかもしれない。

自分だけならまだいい。だが、もし故郷の両親や弟妹にも被害が及んでしまったらと思うと気が気ではない。家族にもしものことがあったら、こんなことを頼んできた竜を一生恨(うら)むつもりである。

「誰もいないみたい……」

困惑したような氷水の声に安堵したのも束(つか)の間、次いで聞こえてきた言葉に笙鈴は声を上げそうになる。

「この棒、なんだろう？」

その時手元を見て、ようやく気付く。窓から見えるように、箒を縦に持ってしまっていたのだ。

（箒が見えていたら隠れた意味がな～い！）

だが今更、箒を動かすわけにもいかない。笙鈴がおそるおそる頭を上げると、窓から身を乗り出して箒を指先で突く氷水の姿が見えた。床に足がついていないのか、時折身体を揺らしながら、片手で窓枠を掴んだ姿勢で手を伸ばす。

いつ窓から落ちてもおかしくない状態の氷水に、笙鈴は真っ青になる。

（そんなに身を乗り出したら、窓から落ちちゃう……！）

もし氷水が窓から転落し、その場に自分が居合わせてしまったら、問答無用で一家で罰を受けることになるだろう。皇女に怪我を負わせた大罪人とその家族として、最悪は処刑されるかもしれない。そんな大罪を勘繰られるような事態は避けるべきだ。ここはとにかく逃げて、氷水と関わるのは控えた方が賢明だろう。

ただそうは思いつつも笙鈴は、郷里の弟妹たちと同じ年頃の氷水を放っておけなかった。

（落ちてきたら私が支え……いや、でも箒が邪魔だし……それ以前に、畏れ多くも皇女様に触れていいの……？　いやいや、今は状況が状況だから少しくらい触っても怒らないよね？　怪我するよりまし！　怒られないと信じたい……）

こんな時、実の弟妹なら注意して止められるのに。声さえ掛けられないのがこんなにももどかしいとは……そう思いながら笙鈴が何げなく上を見ると、じっと笙鈴を見つめる澄んだ青い瞳の少女と目が合ってしまう。

「あっ……！」

氷水と目が合った瞬間、笙鈴は身体から血の気が引いていくのが分かった。

笙鈴はすぐに地面に両手をついて身を伏せる。

「も、申し訳ありません！　決して、決して！　盗み聞きするつもりはなかったんです！　ただ庭を掃除しに来ただけなんです‼」

まさか竜に氷水の様子を探るように頼まれたと白状するわけにもいかず、笙鈴は当初考えていた言い訳を叫んだ。

両手と両膝をつき、地面に額を擦りつけて許しを乞う笙鈴に、氷水は戸惑っている様子だ。

「頭を上げて……！　おこらないから！　お父様にも誰にも何も言わないから！」

氷水の許しを得てそっと頭を上げた笙鈴は、初めてすぐ側で氷水を見つめる。

仙皇国人よりも色素が薄く、ほんのり染まった頬の赤みと相まって、肌の白さが目立つ。豊かな黒髪は春の陽光を浴びて艶やかに輝き、ぱっちりとした目は透明感のある澄んだ水色で、西の国の雰囲気を感じさせる容貌だ。しかし顔立ちは父親似な気がする。故郷で出まわっていた皇帝飛竜の絵姿に、どことなく似ていた。

「お許しいただきありがとうございます、皇女様」

立ち上がった笙鈴が深々と頭を下げて言った後で、氷水は首を傾げる。

「お庭のお掃除に来たの？　でも、初めて見る人……」

氷水は少女特有の愛らしい高い声をしているが、どこかか細い。それに年齢よりも幼く見える。身体の発育が同年代の年頃の少女より遅れているからだろうか。もしかしたら皇后が亡くなってから、悲しみに暮れてほとんど何も食べていないのかもしれない。

そんなことを考えながら、笙鈴は答える。

「はい。笙鈴と申します。普段は後宮で下級女官として働いております」

「かきゅうにょかん？　でも、ここで働いてるのね……？　じゃあ、お母様の首飾りを知らない？　大切な首飾りなの！」

そう言って今にも窓から飛び出しそうになる氷水を落ち着かせようと、笙鈴は窓に近づく。すると、室内の惨状がいやでもよく見えた。

笙鈴の給金では到底買えそうにない絢爛（けんらん）な調度品に囲まれた室内は、氷水がひっくり返した先程の箱の中身以外にも、なぜか衣服があちこちに投げ出され、鏡台が置かれた周辺には髪飾りや簪（かんざし）が散らばっている。

優雅な部屋の調度とは似つかわしくない様子から、まるで盗人が入ったように見えてしまい、笙鈴は言葉を失う。

「この部屋は……」

「う、うん。わたしが散らかしちゃったの……」

「皇女様がですか……？」

子供が散らかしたという状態には見えず、笙鈴が問いかけると、氷水は顔を伏せる。その姿は何かを隠そうとしているようだった。

この反応は知っている。笙鈴の弟妹たちも同じ状況の時、こうして俯いていた。

「……散らかしたんじゃなく、皇后様の首飾りを探していたんですか？」

笙鈴がそう尋ねると、氷水はおそるおそる答える。

「……そう、自分で探してたの。首飾りだけじゃなくて……みんな、わたしのものを勝手に見たり、触ったりするの。古いからいらないでしょ、もう使わないでしょって」

氷水の言う「みんな」というのは、氷水付きの女官たちのことだろう。

もしかして、と悪い想像を巡らせてしまい、笙鈴は更に問いかける。

「女官たちが勝手にものを捨てているんですか……？　皇女様の許可もなく……」

小さく頷いた氷水に、笙鈴は怒りが増す。

やはり、氷水付きの女官たちは主人である氷水を蔑ろにしている。それどころか、いじめていると言ってもいいくらいだ。まだまだ甘えたい年頃なのに母親を亡くして、寂しい日々を過ごす幼い主人に対してなんという仕打ちなのだろう。

笙鈴が氷水の立場だったら、今頃泣きながら激怒して暴れている。それなのに氷水は怒りもせずに、ただじっと女官たちの勝手な振る舞いに耐えている。

そう思うと笙鈴には、雲の上のように遠い存在だった氷水が、どこにでもいる年相応の少女のように感じられた。

「皇帝陛下に相談して、女官たちを辞めさせようとは考えなかったのですか？」

「お父様は皇帝陛下としてのお仕事が忙しくて会いに来てくれないの。それに、もうたくさんやめているから……昔はもっとたくさん人がいたの。お父様がやめさせて、今の人たちだけになったの」

氷水の父親である飛竜は気に入らない衛兵や女官たちを辞めさせたというが、その中に氷水付きの女官も含まれていたのだろう。その結果がこの状態というのもどうかと思うが……

「それに、みんなに言われたの。お父様はお仕事が忙しいから迷惑をかけちゃいけないって。わたしはいい子にしてなきゃだめだって」

「みんなって、さっきの女官たちですか？」

「うん。あと、お勉強を見てくれる先生も言ってたの！」

氷水はさも当然というように話しているが、我慢を強いるような大人たちに囲まれていることを知って、笙鈴の怒りは留まることなく煮えたぎっていた。そんな言いつけを健気に守っている氷水があまりにも不憫だ。

気が付けば、笙鈴は自然と口にしていた。

「その皇后様の首飾りというのは、どういうものなんですか？」

「お母様の首飾り？」

「皇女様の代わりに私が探します。皇后様の首飾り」

力強くそう言うが、箒を持ったままなのであまり格好がつかない。

「ほんとう⁉」

けれども笙鈴の言葉を聞いた途端に、先程まで暗かった氷水の顔がぱっと輝いた。

「はい！　……といっても、自分の仕事の合間に探すので時間が掛かってしまうかもしれませんが」

「ううん！　それでもいい！　お母様の首飾りが見つかればそれでいいの！　えっと、笙鈴だっけ？」

「はい。笙鈴です」

「ありがとう。わたしのこと、信じてくれて！」

嬉しそうな氷水の様子を見て、笙鈴も思わず笑顔になる。

「女官が戻ってくる前に教えてください。首飾りがなくなった時の状況を」

いつ女官が戻ってくるか分からない以上、氷水から早く事情を聞いた方がいい。そう思って笙鈴が促すと、氷水はたどたどしいながらも首飾りのことを教えてくれる。

氷水の母親である皇后は、亡くなる間際まで故郷である西の国から持ってきた首飾りを大切にしていたそうだ。

皇后の故郷で採掘されたという瑠璃(るり)色に輝く大きな青玉(せいぎょく)を加工した首飾りで、病気で儚(はかな)くなるまで、皇后は肌身離さず毎日身につけていたという。

その首飾りは皇后の死後、娘の氷水の手に渡っていた。皇后の首飾りを受け取った氷水は、毎日飽きることなく眺めていた。母親がおらず、なかなか会いに来てくれない父親に対する寂しさを埋めるように――

「お母様の首飾りがなくなったのは、今から二日前。お勉強が終わってから気付いたの。いつもあの箱に入れているのに、どこにもなくて……」

氷水は床に転がったままになっている螺鈿(らでん)細工の箱を指さす。

ちなみにこの箱は何年か前の氷水の誕生を祝う宴(うたげ)の際、他国との交易が盛んな南の州を治める一族から献上された品とのことだ。金箔(きんぱく)や螺鈿(らでん)がふんだんに使われた箱は、東洋にある島国から手に入れた最高級のものらしい。

「首飾り……お部屋を探したけど見当たらないの。礼服がしまってある櫃(ひつ)や寝台の中も探したけど、見つからなくて……お部屋から出してないから、絶対どこかにあるはずなのに……」

状況からすると、氷水がなくすというのは考えにくい。誰かが盗んだと見て間違いないだろう。

「皇女様以外で、箱の中に首飾りをしまっていると知っているのは誰ですか？」

「多分、みんな知っていると思う」

「つまり、皇女様付きの女官たち全員ということでいいですか？」

氷水が頷いたので、笙鈴は「そうですか……」と言いながら考える。

もし限られた人しか首飾りをしまっている場所を知らないのなら、犯人を絞り込めるかと思ったが、部屋に出入りする女官たち全員が知っているならそれは難しいかもしれない。

女官たちの部屋を探すにしても笙鈴一人だけでは時間が足りない。しかも仕事の合間に探すとなると、一体どれだけ時間が掛かることか……

「その首飾りですが、青い石以外に何か特徴はありませんか？」

「えっと……紐(ひも)が黒いの。それに石のうらになにか文字が書いてあって」

「文字ですか？」

「うん。でも見たことない文字。お父様は、お母様が住んでいた国の文字だって教えてくれた。えっと、こんなの！」

氷水は人差し指で何度も窓枠をなぞった。

これが首飾りに書かれていたという文字なのだろうが、笙鈴には適当に書かれた線の塊にしか見えなかった。

「お父様……皇帝陛下から、石に書かれた言葉の意味は聞きましたか？」

「えーっと、お母様にとってたいせつな言葉だって言ってた。でも、なんて書いてあるかは……」

その時、部屋の入り口から女官の声が聞こえてきた。

「氷水様、用意はできましたか？　礼儀作法の先生がお見えになりました」

「あっ、待って！　すぐ行くから。まだ開けないで！」

女官は今まさに扉を開けようとしていた様子だ。彼女が慌てたように「失礼しました」と言ったのが微かに聞こえた。

「じゃあ笙鈴、わたし行くね。お母様の首飾り、ぜったい、ぜーったい見つけてね」

「はい。必ず見つけます」

「やくそくだよ」

「約束します」

そんな言葉を交わしながら故郷の弟妹たちと内緒話をした時のように幼い皇女と顔を見合わせて、小さく笑い合う。

その瞬間、どちらかのお腹が音を立てて鳴った。いつもは笙鈴だが、今回は違う。

氷水は恥ずかしそうに顔を赤くして俯き、その様子を見て笙鈴は気になっていたことを尋ねる。

「皇女様。最近、お食事は召し上がっていますか？」

「しょくじ？　あのつめたいお料理のこと？」

氷水の言葉に笙鈴は苦笑する。

国の君主たる皇帝一家には万が一にも何かあってはならない。だからどの食事も、必ず毒見役が調べてから提供される。遅効性(ちこう)の毒が含まれている可能性も考えて、しばらく時間を置いてから出されるとなると、どうしても食事の提供は完成してから大分時間が経った後になるのだ。

「そうです。冷めてしまっているかもしれませんが……召し上がっていますか？」

「食べてる。食べてるけど……」

言いよどむ氷水の様子に首を傾げると、彼女は小さな声で言う。

「だって、冷たいから美味しくないんだもん。それに、なんだか変なの」

「変、ですか？」

「味がね、変なの。酸っぱいの。甘いはずのものでも酸っぱくて、口の中がイガイガするの。イヤって言っても、みんなは食べさせようとするの。でも食べるとお腹が痛くなるから食べたくないの……いつもお腹が痛いから、お外にも出られなくって……」

（味が変で、食べるとお腹が痛くなる……？）

「氷水様、お急ぎください！」

笙鈴が「それ、まさか……」と言いかけた瞬間、先程の女官が氷水を催促する声が聞こえてきた。

「うん。いま行く」

そう返事をする氷水は、笙鈴に目配せをすると去っていった。

笙鈴はすっきりしない気持ちを抱えながらも、女官たちに見つからないよう、窓辺からそっと離れたのだった。

第三章　竜(ロン)の企みと作戦会議

その日の夜のこと。いつものように笙鈴(ショウリン)が古ぼけた建物にやってくると、すでに竜が料理を完成させて待っていた。ただし、「遅い」という小言つきで。

とはいえ報告する前に料理を食べていいと言われたので、笙鈴は遠慮なくご馳走になる。

今日の料理は、鳥の丸焼きだった。熱い油をかけて一昼夜干された鳥は、皮がパリパリで、中身はしっとりとしている。

そのまま食べても美味しいが、薄く焼いた餅に載せて、野菜や甘辛い味噌(みそ)と一緒に包んで食べることで更に味の変化が楽しめる趣向だ。同じ鳥から白湯(パイタン)や炒め物も作ったようで、今日の料理は鳥尽くしであった。

すっかり満腹になったところで、笙鈴は昼間に出会った氷水(ビンスイ)の様子について竜に伝えた。

「……というようなことがあったんです、竜さん」

「首飾りが盗まれた、か……まずはご苦労だったな。鼠娘」

「皇后様の首飾りを探す約束を交わしたのはいいんですが、どこをどう探したらいいのかまったく分からなくて……私一人で後宮内を探すのは大変ですし、こっそり探すとなると、どれくらい時間が掛かるか……」

「そんなことをしていたら、鼠娘が首飾りを探していると当の盗人に知られてしまうな。ますます警戒されて、首飾りを処分されるか、氷水様か鼠娘に危害が加えられるか……」

卓に頬杖をついて、竜は思案を巡らせている様子だ。

「そんな！　氷水様が危害を加えられるのは嫌です。だからといって、私が痛い思いをするのも嫌ですけど……」

色々と想像して苦い顔をする笙鈴に、竜が言う。

「なくなってまだ二日なら、犯人は城の外に持ち出してはいないだろうな。皇女が失せ物があると騒いでいる最中に外出したら、犯人だと自白しているようなものだ」

「うーん……でも、出入りの行商や外の知り合いに頼んで持ち出すって可能性もあるていたら、それこそ犯人だと勘繰られてもおかしくない……いや、待てよ」

「その方が怪しまれるだろう。皇女付きの女官がコソコソ行商や外の知り合いと話しんじゃありませんか？」

「どうしたんですか？」

竜は天井に視線を向けながら、何かを考えている様子だ。

「もうすぐ皇后の命日だ。それに合わせて、皇后の故郷から使節団がやってくる。その前後の期間は使節団を迎える準備のために、王城には例年大勢の行商が出入りする。行商の中に共犯者が紛れ込んでいたら、気付くのは難しいだろう」

皇后の命日には、彼女の祖国である西の国から使節団が慰霊に訪れ、約一か月間城内に滞在する習わしとなっていた。命日の日には、飛竜と共に使節団も皇后や歴代の皇帝一族が眠る霊廟に参拝するという。

「最初に行商が来るのって、十五日後でしたっけ？」

「予定通りならな」

「えっ……じゃあつまり、あと十五日で首飾りを見つけなきゃいけないってことですか⁉　私一人で⁉」

王城中を探しまわることを思って気が遠くなっている笙鈴をよそに、竜は考えを巡らせるように話す。

「そうだな。首飾りは氷水様の側付き女官の誰かが持ち出した。お前の話からして、その可能性がかなり高いだろう。主人である皇女が首飾りを盗まれたと主張しているにもかかわらず、一切取り合わずに盗まれていないと言い張るなど、何か裏があるとしか考えられないからな。だが、隠している先は限られるはずだ。後宮内のどこかで、氷水様付きの女官が出入りしても怪しまれない場所。自室……の可能性は低いか。見つかった時、自分が怪しまれてしまうからな。となると、後宮内のどこかか……おい、鼠娘」

「な、なんですか？」

いきなり呼ばれて、笙鈴はなんとなく警戒する。

「仕事は忙しいのか？」

「そうですね……」と、笙鈴は考えながら答える。

「自分の仕事だけならそんなに忙しくないですよ。他の人の分までやると、夜まで掛かりますけど」

いつもは先輩女官たちが仕事を押しつけてくるから、夜近くまでぎっしり仕事が入ってしまう。だが今日のようにそれがなければ、仕事の合間に自分の時間を捻出することもできるはずだ。

(そういえば先輩女官たちは、なんで今朝女官長に呼ばれたんだろう？　夜になっても結局戻ってこなかったし……)

氷水と別れて自分の仕事に戻った笙鈴は、先輩女官たちと会わずじまいだった。夕餉の時間になっても姿を見せなかったが、今もまだ女官長と話しているのだろうか。

そんなことを考えていると竜が「普通は押しつけられても自分の仕事以外はやらないぞ」と苦笑して、笙鈴は我に返る。

「それならいい、少し待っていろ」

そう言った竜は部屋の奥に行く。それからすぐに筒状に丸めた紙を持って戻ってきた。

「……？　なんですか、それ？」

「後宮の見取り図だ」

「見取り図⁉」

驚いた笙鈴がどうして料理人の竜がそんなものを持っているのかと尋ねる前に、竜は卓に見取り図を広げようとする。笙鈴は慌てて空になった皿を重ねて、場所を確保した。

竜は見取り図を広げると、眉根を寄せて見取り図を見つめる。笙鈴も邪魔にならないように、隣から一緒に覗き込んだ。

見取り図には城内の宮や部署の場所が、事細かに記されている。

「へぇー……王城って、こんなに広かったんですね。あっ、ここに皇帝の寝室がある！　随分と広いんですねー」

「ん？　鼠娘は文字が読めるのか？」

「ふふん。こう見えて、私の父は地方の下級官吏ですよ。簡単な読み書きと計算は父から教わりましたし、私塾にも通いました」

いつも竜に馬鹿にされているので、ここぞとばかりに笙鈴は胸を張った。

仙皇国内の貧民層の大半は充分な教育を受けられず、文字を読めない者が多い。だが笙鈴は貧しいながらも、父親が下級官吏だった。このため幼い頃から父に読み書きや計算を教えてもらい、ある程度成長してからは私塾で勉強した。読み書きや計算なら、他の下級女官たちよりできる自信がある。

竜はわずかに目を見張った後に、いつもの意地悪い笑みを浮かべる。

「ほー、それは感心だな。鼠娘にしては」

「だから鼠娘じゃなくて、笙鈴です！」

結局馬鹿にされた上に頭をワシャワシャと雑に撫(な)でられてしまい、笙鈴は何も言えなくなる。実は竜に頭を撫でられて悪い気がしなかったというのもあるが――

「話を戻そう。今なら首飾りはまだ後宮内にあるはずだ」

笙鈴がどぎまぎしているうちに頭に置かれていた手が離れ、竜はまた見取り図に視線を向ける。

「といっても自室に隠されている可能性は低いだろうから、怪しいのは後宮内で女官しか出入りできない場所か、女官が出入りしても怪しまれない場所だ」

「そんな場所ありましたっけ？　厨(くりや)や洗濯場くらいしか思いつきませんが……」

「その厨と洗濯場だ。厠(かわや)やごみ溜めも怪しいな……それと、庭だ。誰かに怪しまれて問いただされようが、掃除していると言えばどうとでもなるしな」

竜はそう言いながら、見取り図の中の疑わしい場所を指で示す。

「そうは言っても、部屋から首飾りが出てくる可能性だってまったくないことはありませんよね？　そしたらその人が犯人ということで全て解決するのに……」

あまりに探す場所が多いので難しい顔になる笙鈴に、竜が言う。

「犯人がそんな馬鹿なことをやらかすと思うか？　もしそんな事態が起きるとしたら、犯人がそいつに罪を被せただけだろう……とにかく、お前は今俺が言った場所を探せ。誰にも知られないようにこっそりな。見つけたら、そっと氷水様に首飾りを返しておけ」

「えっ、返すだけ？　盗んだ犯人は見つけなくていいんですか？」

「犯人を捕まえるなら、後から衛兵に頼むなりして探させた方がいいだろう。鼠娘の話だと、氷水様付きの女官たちは、誰一人として首飾りが盗まれた話をまともに取り合っていない。極論だが、全員が何かしらの理由で犯人と繋がっている可能性さえ考えられる。犯人と口裏を合わせている共犯者か、あるいは買収されているか脅迫されているか、事情までは分からんがな」

竜は息を吐くと、卓を指で叩く。

「お前が自力で犯人を探すとなれば、氷水様付きの女官たち全員を調べなければならなくなる。だがそんな態度を取っている女官たちに馬鹿正直に『盗まれた皇女の首飾りを見つけた』とでも話してみろ。逆にこっちが犯人に仕立てあげられて、衛兵に捕らえられるかもしれん。氷水様と女官たちしか知らないはずの話を知っているのは犯人に違いないとか難癖をつけてな。そうなれば立場が弱いお前が不利なのは明らかだろう。お前は盗人扱いされて極刑を受けたいのか、鼠娘？」

ぐっと言葉に詰まる笙鈴を見やりながら、竜は考えを整理している様子で何度も指先で卓を叩く。

思ったより込み入った事態に弱りきってしまい、笙鈴は黙ったまま竜の指の動きを見つめ、その時ふいに気付く。改めて見てみると、竜の手は料理人にしてはあかぎれや手荒れもなく、妙に綺麗なのだ。

下級女官たちが利用する厨の料理人の手は、水仕事が多いために常に手荒れしており、あかぎれがあった。それだけでなく包丁で指先を切ってしまった傷跡が残っている者もいれば、包丁だこがある者もいる。

しかし竜の手は爪先も整い、手荒れや包丁だこどころか、ささくれ一つない。あまりにも料理人らしくない竜の手に、笙鈴は首を傾げる。

（……竜さんって、本当に後宮の料理人なんだよね？）

そんなことを考えていると、急に竜が目線を笙鈴に移してきた。

笙鈴は慌てて目を逸らす。しかし笙鈴が見ていたことに竜は気付いていたようで、

「なんだ？」とでも言いたげに目で問いかけてくる。

「い、いや〜、竜さんの手って、随分綺麗だな〜って思って……」

「そうか？　特に何も手入れはしていないが――」

会話の流れで笙鈴の手を見た竜の言葉が途切れて、笙鈴は気まずくなった。

笙鈴の手はお世辞にも綺麗とは言いがたい。真冬の頃よりましになったとはいえ、水仕事の影響でところどころがあかぎれしてしまっている。ささくれが破れて出血した跡も残っており、水やお湯に触ると傷口に染みていつも地味に痛い。

そんな笙鈴の手から視線を外した後、竜は急に無言で見取り図を丸めると、部屋の奥に持っていってしまった。それからすぐに戻ってきたと思うと、その手には小さな壺（つぼ）が握られていた。

「なんですか？　それ」

「軟膏（なんこう）だ。仕事の合間や就寝前にこまめに塗っておけ」

竜から差し出された壺を笙鈴が開けると、軟膏特有のツーンとした鼻を刺すような臭いがする。指先で中身を掬（すく）うとドロッとした乳白色の液体が出てきた。

余計なものでかさ増ししていない、見るからに高価そうな軟膏。なかなか目にすることのない代物に、自然と警戒心が働く。

「いいんですか？　こんな高そうなものもらっちゃって」

「まあな……俺は滅多に使わないし、必要になってもすぐに入手できるから気にせず持っていくといい」

「もしかして、また後で何か要求する気なんじゃ……」

餌付けの代償としてややこしい事態に巻き込まれるはめになった笙鈴は、疑わしそうに竜を見上げる。

竜はムッとした様子で、眉間に皺を寄せた。

「そんなことするか。お前は俺をどういう人間だと思っているんだ」

（口が悪くて横暴で人遣いの荒い人ですけど……）

笙鈴はそう思うが、口には出さないことにしておく。

（でもまあ……本当は優しいところもあるんだよね）

笙鈴は軟膏の壺に目を落とし、改めて眺める。

下級女官とはいえ城勤めの笙鈴でさえなかなか入手できないような高価な軟膏。それをすぐに手に入れられる竜は一体何者なのか……笙鈴の中で、竜に対する謎がますます深まった。

だがそれはさておいて、せっかくなので竜の言葉に甘えて頂戴することに決める。

「あ、ありがとうございます……」

そう感謝を口にして、笙鈴は思い出したように言う。

「そうだ、今日も何か料理をお土産にもらえますか？」

「余っているものなら持って帰ってもいいが……なんだ、まだ食べ足りないのか？本当にお前は食い意地が張っているな」

「そうじゃないんです。氷水様に持っていこうかと……」

「氷水様に？」

「はい。ちゃんとご飯が食べられていないようなので、何か持っていこうかと……」

笙鈴の言葉を聞いた途端、竜は眉を顰めた。

「……詳しく聞かせてみろ」

怒ったような竜の雰囲気に笙鈴は驚き、おそるおそる氷水から聞いた話を伝える。

すると竜は、大きな溜め息と共に呟いた。

「まだそんな奴が残っていたのか。全員追い出したと思ったのに……」

（追い出した……？）

竜の言葉が引っかかり笙鈴は怪訝な顔をするが、何か尋ねる間もなく竜が言う。

「鼠娘」

「はっ、はい！」

すごみのある竜の低い声に、自然と笙鈴の背筋が伸びる。

「……明日の昼、ここに来い」

「はい？」

「俺はいないが、明日の昼以降、ここに来い。料理を持たせるから、氷水様に食べさせてやれ」

「は、はい……」

「明日は忙しいぞ。やることが山ほどあるからな……これは久方ぶりに腕が鳴る」

なんの説明もないままなぜか笑みを浮かべる竜に、笙鈴は首を傾げる。

（なんの腕が鳴るんだろう……？）

翌日になれば分かるのだろうかと考えつつ、明日に備えて笙鈴は早々に自室へと戻ったのだった。

第四章　幼い皇女の本音

次の日の昼過ぎ。仕事が一段落すると笙鈴(ショウリン)は、竜(ロン)に言われた通りいつもの建物にやってきた。建物の中からは、人の気配が感じられる。

（誰だろう？）

そう思いながら、建物の中をそっと覗き込む。昨晩、竜は自分はいないが料理を持たせると言っていた。だから無人の建物の中に氷水(ビンスイ)のための料理が用意されているものだとばかり考えていた。

しかし建物の中には竜とは違って身なりのいい、見知らぬ若い男性がいたのだった。

（入っていいんだよね……？　でも見るからに身分が高そうな人だし、一応許可を得てからの方がいいのかな……）

ここで竜以外の人に会ったのは初めてだったので、中に入っていいのか迷ってしまう。

その時、入り口から覗いている笙鈴に気付いたのか、男性の方から声を掛けてきた。

「貴女が笙鈴殿ですか？」

「は、はい。そうです……！」

穏やかながらどこか気品のある話し方に、自然と笙鈴の背筋が伸びる。

「どうぞお入りください」

男性に手招きされて笙鈴がおそるおそる中に入ると、卓の上には布包みが置かれていた。中身は竜が作った料理である様子だ。

笙鈴が黙って包みを見ていると、男性は笙鈴に向かって優雅に一礼する。

「お初にお目にかかります。私の名前は花憂炎（カユーエン）と申します。我が君の命で、貴女をここでお待ちしておりました」

「憂炎様って……皇帝陛下の側近の、あの憂炎様ですか⁉」

下級女官である笙鈴は、飛竜（フェイロン）の側近である憂炎とは会う機会がなかった。仮に憂炎が下級女官に仕事を頼むにしても、憂炎自身が直接指示をすることはなく、女官長を介して仕事を依頼するからだ。

宴の手伝いなどで遠くから姿を目にすることはあったが、今まで間近で見る機会などなかった。ましてや言葉を交わすことなどもってのほか。憂炎は後宮内では皇族と並んで「雲の上のお方」と呼ばれているのだ。

「ええ、そうです」

そう答えながら、憂炎は再び笙鈴に頭を下げる。

まさか皇帝陛下に直接仕える憂炎が、下級女官である自分にこんなに丁寧に接するとは思いもしない。笙鈴は目を白黒させながら「そ、そんな！　頭を上げてください！」と大きく手を振って憂炎を制する。

「お気遣いありがとうございます」

頭を上げた憂炎は、見惚(みと)れてしまいそうな笑みを浮かべる。

切れ長の細い目と綺麗に生え揃った睫毛(まつげ)、白皙(はくせき)の肌が印象的な、眉目秀麗な男性だ。浅葱(あさぎ)色の長袍(チャンパオ)に包まれた長身は文官でありながら均整が取れており、口元にある小さな黒子(ほくろ)からは色気すら漂っている。

ぼんやりその姿に見入っていた笙鈴だったが、はっと我に返ると、膝を折って高官に拝謁(はいえつ)した時の礼をしようとする。

だが憂炎は片手でそれを制すると、首を横に振った。

「今日は非公式です。堅苦しい挨拶はなしにしましょう」

「あ、ありがとうございます……ところで、あの、憂炎様。花憂炎とおっしゃいましたが、それはもしかして……」

「はい。私はこの花州を治める花家の者です。今は文官として我が君――主上に仕えております」

仙皇国には四つの州があり、各州にはそれぞれの州を治める一族がいる。

他国との境にある国の東に位置し、防衛の要と言われる鳥州を統治する鳥家。海に接する国の南に位置し、交易が盛んな港を有する風州を治める風家。山々に囲まれた国の西に位置し、呪術と神秘に包まれた月州を管理する月家。

そして王城のある国の北に位置し、仙皇国の中心として政を司る花州を統べるのが花家である。

これらの家の一族は各々が州の名前の元となっており、建国時から仙皇国の皇帝に仕えている者たちでもある。そんな彼らは「仙皇国の四家」と総称されている。

四家は古くから文武に秀でた者たちを多く輩出しており、そういった者たちのほぼ全員が時の皇帝に仕えてきた。特に現四家の当主たちは、現皇帝の飛竜からの信頼が厚く、身分を超越して親密な関係であるとまで言われている。

「さっきおっしゃっていましたが、『我が君の命』ということは、憂炎様を遣わしたのは皇帝陛下ですよね？　皇帝陛下がどうして私に？　私は竜さんからここに来るように言われただけなのに……」

笙鈴の言葉に憂炎は眉を寄せ、困ったような顔をした。

「私からは何も申し上げられません。しかしその竜という料理人から、こちらの包みを笙鈴殿にお渡しするようにと預かっています」

憂炎にそう説明されたが、笙鈴は更に混乱してしまう。憂炎と竜、それに皇帝陛下の飛竜と竜。彼らは一体どういう関係なのだろう。竜が皇族の料理人かもしれないという予想はしていたが、まさか本当にそうなのだろうかと思うとすぐには信じられない。

（と、とにかく！　今は氷水様に食事を届けることを優先しよう！）

そう考えて笙鈴は、余計な考えを頭から追い払う。

「……うわぁ、温かい！」

食事が入った布包みを憂炎から受け取った笙鈴は、思わず声を漏らした。布包みの中身は温度からして作り立てのようだった。それに重さも大きさもかなりある。

さすがにこれを持ってこの建物の通り道である壁の穴を通るのは難しいので、氷水の部屋までどうやって運ぼうかと悩んでしまう。

「竜という料理人は、毒見は済ませてあるのでこのまま皇女様に渡してほしいと言っていました」

思案している笙鈴を見て、憂炎は笙鈴が食事の安全性を心配しているのだと勘違いした様子だ。

「もしご心配なら、すぐに毒見役を呼んでこの場で毒見をさせますが……」

「いいえ、憂炎様を信じます。もちろん、竜さんのことも」

憂炎は一瞬目を丸くした。けれどもすぐに先程までと同じ笑みを浮かべる。

「そうですか。多めに作ったので、余った時は笙鈴殿も一緒に……とも言っておりました。もしかしたら今日も食事が与えられず、空腹で困り果てているのではないかと、気を揉んでいる様子でしたよ」

「えっ、そうなんですか？　でも大丈夫です、昨日今日としっかり食べてきたので！先輩女官たちがなぜかみんな辞めることになってしまって、誰にも邪魔されずにゆっくり食事を取れたんです」

昨日女官長に呼ばれた先輩女官たちは、全員が夜のうちに仕事を辞めさせられて後宮を出ていったらしい。笙鈴は今朝方、同輩の女官から聞いてその話を知った。

他の女官たちが噂していたところによると、女官たちは何か失敗したというわけではない様子だ。特に理由も説明されないまま、ただ飛竜の命令で辞めさせられたという。

いじめてきた先輩女官たちがいなくなったのは笙鈴にとって嬉しいことだった。だがそれよりも、笙鈴の心に響いたのは――

(あの竜さんが、そんなに私のことを心配してくれてたなんて……!)

いつも「鼠娘」と呼ばれて邪険に扱われていたので、ここまで気にかけてもらえているなんて思いもしなかった。

感動を噛み締めていると、憂炎がクスリと笑う。

「噂に聞いていましたが、笙鈴殿は面白い方ですね……いえ、女性に面白いというのは失礼かもしれませんが」

どこか翳(かげ)りのある憂炎の嬌艶(きょうえん)な笑みに、笙鈴の中で違和感が生じる。

「面白い？　そうでしょうか……」

笙鈴はそう言いながら違和感の正体がなんなのか探ろうと憂炎を見つめた。

「ふふ、そうですよ」

だが掴みどころのない笑みを浮かべる憂炎を見るうちに違和感は消えてしまい、気のせいだろうと思い直す。

「では、私は仕事に戻りますので、笙鈴殿は皇女様に包みを届けていただけますか。案内を待たせています」

憂炎がそう言った途端、大柄ないかつい男が音もなく入り口に姿を見せた。顔を真横に走る大きな傷跡がいやでも目に入る。

ふいをつかれた笙鈴は「わっ⁉」と声を上げてしまった。

だが男はいかつい外見に似合わず笙鈴の悲鳴に傷付いた様子で、力なく肩をすぼめるとしょげ返ってしまった。

「あ、すみません……」

笙鈴が謝ると、男は慌てて首を横に振った。

それを見ていた憂炎が微笑む。

「笙鈴殿、彼は見た目や寡黙(かもく)さから誤解を受けやすいですが、この後宮では信頼の置ける数少ない宦官です。名を恭(キョウ)といいます。彼についていけば、問題なく皇女様の元にたどり着けるでしょう」

「そうなんですね……」

つまり彼がいれば、身分の高い氷水付きの女官から妨害やいじめなどのちょっかいはかけられないということなのだろう。

恭の髭(ひげ)が目立たないつるりとした顎(あご)は宦官そのものだ。だが憂炎が信頼が置けると太鼓判を押すだけあって、確かに笙鈴から見ても独特な気配があるように感じられた。

憂炎に呼ばれるまで気配を消していたところもそうだが、笙鈴たちと話している今も時折周囲を警戒している様子を見せている。隙(すき)がなく、宦官というよりも皇族の身辺を警備する武官のようだった。

それに服こそ他の下級宦官たちと同じ長袍(チャンパオ)だが、警備や庭仕事など、単純な力仕事を担う彼らにしては清潔感があり、知性のある顔立ちをしている。後宮の雑務が主な役目である下級宦官の中にこんな人物が存在していたことに、笙鈴は驚きを隠せない。

恭は知と武の両方を兼ね備えた傑物(けつぶつ)なのかもしれない。これなら顔の怖さも合わせて、誰も手を出してこないだろう。

もしかしたら氷水の元にたどり着くまでに、氷水付きの女官をはじめとする上級女官たちに邪魔をされるかもしれない……そう危惧していた笙鈴にとって、恭以上に頼もしい同行者は存在しなかった。

「さあ、笙鈴殿を皇女様の元に送り届けてください」

憂炎は恭を促した後、笙鈴にも声を掛ける。

「笙鈴殿、我が主君の大切なご息女である皇女様をどうぞよろしくお願い申し上げます」

「はい」

布包みを押さえながら憂炎に頭を下げると、笙鈴は恭と共に氷水の元に向かうのであった。

◆

建物を出て氷水の宮に向かう道すがら、笙鈴は先に立って歩く恭の背中に向かって話しかける。

「いつもは憂炎様の元でお仕事をしているんですか？」

「……」

「私は笙鈴っていいます。あっ！　私のことは憂炎様から聞いて知っていますよね！　後宮内で働いていますが、まだまだ中がどうなっているか詳しくなくて……こんな道があったなんて知らなかったです。しかし後宮って、どうしてどこも似たような造りをしているんですかね～？」

「………」

憂炎の紹介通り、恭は非常に寡黙な人物らしい。何を尋ねても返ってくるのは沈黙のみだった。一方的に自分だけが話す形となり気まずくなってきた笙鈴は、次第に会話を諦め、口を閉ざしてしまった。

笙鈴が黙ったのとほぼ同時に、笙鈴たちが歩いている通りの脇道から三人の女官たちが姿を現す。

身なりからして氷水付きの女官ではなく、更に高位である飛竜付きの上級女官である様子だ。彼女たちは姦しく話しながら、笙鈴たちの方へ歩いてくる。

(うわぁ……気付かれたら面倒くさそう)

本来なら下級女官である笙鈴が、皇帝一家が住まう宮のすぐ近くを堂々と歩くことは許されない。女官の中でも水仕事や雑事を担う下級女官の地位は非常に低く、皇族をはじめとした身分が高い相手の視界に入らないよう仕事をしなければならない。

皇帝一家の側に仕えられるのは、女官の中でも地位が高い上級女官だけであり、そのほとんどは生まれ育ちがいい。そして上級女官はそんな自分たちを誇りに思っているような、高慢な者たちばかりだ。生まれつき煌(きら)びやかな世界しか知らない上級女官たちからしたら、下級官吏の娘であり下級女官でもある笙鈴は、まさに「溝鼠」程度の存在でしかない。

笙鈴はこれまでも上級官吏などの身分の高い者の屋敷で働くたびに、その屋敷の主人や家人から「卑しい身分の者」と言われてきた。だからそういった見下しの言葉は聞き慣れている。

だがもしここで上級女官たちに見咎められでもしたら、せっかく竜が用意してくれた温かい料理が冷めてしまう。女官たちに難癖をつけられて立ち止まることになり、料理を温かいままで氷水に届けられないという事態はどうしても避けたかった。

笙鈴は女官たちの邪魔にならないように、またなるべく視界に入らないように通路の端に寄る。

すると笙鈴の前を歩いていた恭が歩調を緩め、女官たちから笙鈴の姿を隠すようにして立ってくれた。

「ありが……」

礼を言おうとすると、恭は「静かに」とでも言うように目配せをしてきた。笙鈴は女官たちに目をつけられないよう、すぐさま口を閉ざす。

そうしている間にも、上級女官たちは話しながら笙鈴たちに近づいてくる。

「気のせいかしら。今日の後宮は静かね。陛下も朝から姿が見えないわ」

「朝餉の時間になってもいらっしゃらなかったそうね。宿直の宦官が呼びに行ったら、すでに居室にはおられなかったそうよ」

お喋りに夢中な彼女たちの会話に皇帝の名前が出てきて、笙鈴は聞き耳を立てる。

「それって一大事じゃない！」

「たまたま城に泊まり込んでいた憂炎様が探しに行ってくださることになったからよかったけどね……そうじゃなかったら、今頃大騒ぎだったわ」

そこに今まで黙っていたもう一人の女官が口を挟む。

「それが、ようやく陛下が見つかって落ち着いたと思ったら、今度は昼餉もそこそこに、皇女様付きの女官を集めたらしいわ。しかもほとんど全員。きっと静かなのはそのせいね。衛兵たちを使って何か調べているみたい」

「えっ⁉　陛下は今まで皇女様のことにはほとんどご興味がなかったのに、どうしてまた急に？」

「噂によると集められた皇女様付きの女官たちは、皇女様の食事に細工をしていたらしいの。毒見を終えた食事を別のものにすり替えたり、食材に傷んだものを使ったりして……それだけじゃなく、まったく調理されていない食材をそのまま出してもいたらしいわ」

「皇女様が幼いからって、何をしても気付かれないと思ったのかしら。それに、いくら陛下があまり気にかけていらっしゃらないからって……でもさすが鬼と噂の陛下ね。きっと集められた皇女様付きの女官は、容赦なく全員解雇されるわ。でもそうしたら次の女官が決まるまで、また私たちの仕事が増えるわね……」

絶え間なく話しながら歩いているからか、女官たちは笙鈴に気付かずにそのまま通り過ぎていく。

笙鈴はほっとすると、女官たちから守ってくれた恭に目を向けた。

「ありがとうございました」

笙鈴の言葉に頷いただけで、恭はまた歩きだす。布包みを持ち直すと、笙鈴もその後に続いた。

◆

いつも竜と会う建物から氷水の宮までは案外近く、料理がまだ温かいうちにたどり着くことができた。

氷水付きの女官がほとんど全員集められたという先程の話は本当だった様子で、氷水の部屋に到着するまで誰にも会うことはなかった。

「ここまで案内してくれてありがとうございます」

笙鈴は案内してくれた恭に頭を下げた。

すると恭は制するように片手を上げ、懐に手を入れる。そして紙の束と携帯用の筆を取り出し、何かを書きつけて笙鈴に見せた。

『ずっと話しかけていただいていたのに、返事ができなくてすみません。自分は喉を怪我して以来、声を出すことができないのです』

書きつけられた流麗な文字を見て、笙鈴は驚きのあまり瞬きを繰り返す。

すると恭は一度紙を引っ込めた。

今度は「笙鈴どのはもじがよめるとききましたが、ちがいましたか？」と書き直して見せてくる。難しい漢字は読めないと思われたのか、気を遣って簡単な字だけで書いてくれた様子だ。先程、女官たちから庇ってくれた時もそうだったが、大柄で怖い見た目に反して恭は優しい人物らしい。

「文字は読めます。その、話せないことを知らなかったので……すみません」

恭は首を横に振ると、また紙に何かを書いて見せてくる。

『時間が惜しかったので歩きながら書けませんでした。憂炎殿の紹介の通り、自分は恭といいます。宦官ですが、普段は主上付きの武官をしています』

「武官ですか」

紙から目線を外して改めて見ると、恭の腰には武官が使うような剣があった。皇帝直属の軍隊である左右羽林軍が使うもののように頑丈な作りで、手入れがしっかりされている様子だ。宦官の中にも剣を帯びている者はいるが、恭の剣はそれらとはまったく違い、実戦に備えられていた。

さっき恭に感じた武官のような雰囲気は、実際に武官であることが理由だったのかと思いながら、笙鈴は恭が書く紙に目を戻す。

『主上から話は聞いています。皇女様のことは主上も気にかけておられます。自分や憂炎殿もです。笙鈴殿、どうか皇女様をよろしくお願いいたします』

読み終わって顔を上げると、恭が小さく頭を下げた。笙鈴は「頭を上げてください！」と慌てる。

「主上ということは、首飾りの話は皇帝陛下も知っているんですか？」

笙鈴が尋ねると、恭は深く頷いてさらさらと文章をしたためる。

『主上だけではなく自分と憂炎殿も、皇女様の話は信頼できる者から聞かされています。主上は本当はご自身の手で首飾りを探したいそうですが、今は皇女様や首飾りの件に時間を割けないそうで……ですが、笙鈴殿が探してくれるなら安心だとおっしゃっていました』

そんな恭の言葉が嬉しい反面、どうして今までまったく関わったことのない飛竜が自分を信用してくれるのか理解できない。笙鈴は不安になった。

その気持ちを恭に話すと、恭はこう書いてきた。

『皇女様は身内以外には滅多に心を許しません。心を許された笙鈴殿はいい人です』

手短ながらも笙鈴のことを認めてくれる内容に思わず照れていると、恭が促してくる。

『自分は宮の外に控えていますので、何かあれば呼んでください。皇女様は今朝から何も召し上がっていないそうなので、今頃空腹かと思います』

「えっ⁉　そうなんですか。急がなきゃ……！　恭さん、ありがとうございます」

笙鈴は恭に頭を下げると、宮の中に入り、氷水の部屋の豪華な彫刻が施された扉の前に立つ。そして大きく深呼吸をすると、扉を叩いた。

「失礼します。皇女様、昼餉をお持ちしました」

しばらく沈黙が続いた後、「いらない」というか細い声が返ってきた。

「皇女様、今日の昼餉はいつもと違います。笙鈴が温かいお料理をお持ちしました」

しかし笙鈴がそう言うと、途端に弾んだ声が聞こえてくる。

「笙鈴？　笙鈴が来てくれたの⁉」

部屋の中から軽い足音が聞こえてきたかと思うと、扉がわずかに開く。隙間から顔を覗かせたのは、昨日より白い顔をした幼い皇女だった。

「はい。笙鈴ですよ」

「笙鈴！　来てくれたの！　うれしい！　ねぇ、中に入って！」

笙鈴を見た氷水は、白い頬を桃色に染めながら扉を大きく開け放つ。笙鈴は氷水に手を引かれて部屋の中へ促された。

笙鈴が室内に入って扉を閉める前に外に目を向けると、そこに立っていた恭が安心させるように深く頷いてくれた。

笙鈴は頷き返して扉を閉め、部屋の中にいる氷水と向き合う。

「昨日ぶりですね、皇女様」

「お母様の首飾り探しはどう……？」

「すみません。実はこれから探しに行くところなんです。朝は自分の仕事をしていたので……」

「そうなんだ……ううん、いいの。笙鈴には笙鈴のお仕事があるもんね。わがまま言っちゃいけないもん！」

「皇女様……」

気丈に振る舞ってはいるが、まだ首飾りが見つかっていない悲しみと、早く首飾りを探してほしいという焦りに耐えているであろう氷水に、笙鈴は罪悪感を抱いてしまう。

一刻も早く見つけて氷水を安心させたいという気持ちもあるが、それよりもまず竜が作った美味しい料理を食べさせたいという思いが先に立った。

笙鈴は氷水の部屋の様子を改めて観察する。

昨日笙鈴と話した後に片付けたのか、氷水が床にばら撒いた箱の中身や衣類がしまわれ、今は綺麗に整っている。

「あのね。今日は朝から誰も来ないの。昼餉も来なくて、それでその……お腹が、ずっとぐうぐういってて……」

小さな手で恥ずかしそうにお腹を押さえる氷水に、笙鈴は笑みを浮かべる。

「そうなんですね。でも、それならよかったです。料理人に料理を作ってもらいましたから。食べられそうならどうか召し上がってください」

外は暖かく、柔らかな春の日差しが窓から室内を照らしている。

せっかくならと、笙鈴は昨日氷水と話した窓辺に卓と椅子を動かす。そして幼い皇女のために布包みを卓に置き、昼餉の用意をした。

椅子に腰かけて、氷水は不安そうな顔をする。

「へんな味じゃない……？」

「大丈夫です。私が保証します」

長い間、氷水はまともな食事を与えられていなかったのではないか。笙鈴はそう考えて悲しくなってしまう。

氷水を安心させたくて、笙鈴は彼女の隣に立ち、手早く布包みを開ける。すると中からは、豪華な装飾が施された赤茶色の二段の食籠（じきろう）が出てきた。

「この箱はなあに？」

「食籠です。中に料理が入っているんです」

氷水に説明をしている間も、食籠からは食欲をそそる匂いが漂ってきている。笙鈴が食籠の蓋（ふた）を取ると、氷水は卓に身を乗り出し、目を輝かせた。

「わあ……！」

　食籠の一段目には、水餃子、小籠包（ショーロンポー）、春巻き、青椒肉絲（チンジャオロースー）、スジエビやインゲン豆の炒め物、茹（ゆ）でた鳥をタレに漬け込んだ冷菜、カニの姿蒸し、牡蠣（かき）がたっぷり入った卵料理、蓮（はす）の実と胡麻で作った甘味などが隙間なく入っていた。

二段目には大ぶりの饅頭（マントウ）が二つ並んでおり、まだわずかに湯気が立ち昇っている。

「すごい！　すごい！　お料理がいっぱい！」

そういえば憂炎から、竜は多めに作ったと聞かされていた。だが少しどころか、二人分以上は余裕でありそうな量が食籠の中にぎっしりと詰まっている。

「ええ、すごい量ですね……」

　ここまで豪華な料理だとは思わず、笙鈴も感嘆の声を上げた。

「カニさんやエビさんもいる！」

氷水は満面の笑みを浮かべながら、今まで聞いたことのない、愛らしい大きな声を上げる。

　氷水の様子に笙鈴は微笑む。そして布包みの中に一緒に入っていた皿と箸を使い、笙鈴のために全ての料理を少しずつ取り分けた。

「どうぞ、皇女様」

「ありがとう！」

最後に饅頭を別の皿に取り、氷水に渡す。

お腹を空かせた氷水は、すぐさま饅頭に手を伸ばした。だがはっとした様子で手を引っこめ、顔の前で両手を合わせる。

「いただきます」

どんなに空腹でも食事前の挨拶をする氷水に、笙鈴は感心した。笙鈴が驚いているのに気付いた様子で、氷水が教えてくれる。

「あのね。お料理をたべる前はちゃんとあいさつしようねって、お母様に教えてもらったの。お魚さんやお肉さん、お野菜さん、お料理を作ってくれた人、それにお魚さんたちをここまで持ってきてくれた人にもありがとうって、いただきますって言おうねって」

「そうですか。皇女様は皇后様と一緒に食事をなさっていたんですか？」

「うん。いつもじゃないけど、お母様がいいよって言ってくれた時だけ……あとね、今のは、笙鈴にもありがとうって言ったの！　ここまで持ってきてくれたのは、笙鈴だから！」

「皇女様……」

氷水の言葉に、笙鈴の胸が熱くなる。料理を運んだだけでここまで感謝されたことなどこれまであっただろうか。

故郷の弟妹たちは食事を用意した母や笙鈴に感謝するどころか、いただきますの挨拶をすることさえしなかった。どれだけ両親や笙鈴が教えても、食べ盛りの弟妹たちは食べるのに必死で話が耳に入らないのだ。

（そもそも弟や妹たちは座って食べることもほとんどなかったもんなー。いっつも喧嘩して、取り合って、あちこち駆けまわって……）

だが、それも仕方ないことだった。両親の少ない稼ぎと家族で耕している小さな畑だけでは、笙鈴たち家族が満足に食べることは叶わない。少ない食事を分けることでどうにか全員が食べられる状況だったのだ。弟妹たちにはひもじい思いをさせていた。どうしても食事の奪い合いになり、落ち着いて食べるどころではなかっただろう。

そんな経験をしていた笙鈴は、上級官吏の家で当たり前のように余った食材を捨てるのを見て驚いたものだった。

考えに耽っていると、氷水が何かに気付いたように動きを止める。

「どうしましたか？」

「笙鈴は食べないの？」

氷水の言葉に、笙鈴は戸惑う。今は他の女官がいないからこそ同席していられるが、本来なら下級女官は皇族と同じ卓に着くことはおろか、部屋の隅に控えていることさえ許されない。食事を届けたのなら、速やかに退室するべきなのだ。

けれども氷水の縋るような視線から、笙鈴は目を逸らすことができない。

「一緒に食べてもいいんですか？」

「うん。笙鈴も食べよう。だって、ふたりで食べた方がおいしいもん」

「そうですか……じゃあ、お言葉に甘えて！」

笙鈴は椅子をもう一脚持ってくると、氷水の向かいに座る。

空いていた皿に自分の分を盛りつけ、氷水と同じように「いただきます」と両手を合わせた。

最初に笙鈴は水餃子を口に入れる。もちもちの生地と中に包まれた肉、柔らかくなった白菜や韮が口の中で絶妙に絡み合う。それぞれの味が結びつき、調和が取れていた。わずかに感じる生姜の独特の辛さが食欲を増進させる。

青椒肉絲（チンジャオロースー）も、胡麻油と胡椒（こしょう）が野菜の苦みを打ち消し、具材の旨みを引き立たせていた。溢れ出る肉汁が胡麻油と混ざり合い、笙鈴の箸を止まらなくさせる。

（やっぱり、竜さんの料理は美味しいな～）

すっかり料理に夢中になってしまっていた笙鈴だったが、これは氷水のためのものだと思い出し、はっと我に返って彼女に視線を向ける。

氷水は饅頭（マントウ）を半分ほど食べたところで、手元を見たままじっと固まっていた。

「皇女様……？　苦手なものでもありましたか？」

「……お料理は、はじめはあたたかいって、本当なんだね」

氷水は顔を歪（ゆが）め、澄んだ青い両目に大粒の涙を溜める。

「お母様がね……お母様といっしょにお料理を食べた時に、お母様が教えてくれたの。どんなお料理もはじめはすっごくあたたかいんだって。でもわたしたちのために、みんながだいじょうぶか確かめてくれるから、食べる時にはつめたくなっちゃうんだって。だから、つめたくても、きらいなものでも食べなきゃだめだよって……でもお母様がいなくなってからのお料理は、どれもおいしくないの。みんな食べなさいって言うんだけど、本当はおいしくないから食べたくないの……」

「皇女様……」

笙鈴は胸を痛めるが、掛ける言葉が見つからずに黙って氷水の話を聞き続ける。

「このお料理はね。お母様がいた時に食べていたお料理みたいにおいしいの。それにね。お母様に聞いた通り、あたたかくて、おいしくて……でも、もうお母様がいないの……お母様にもこのお料理を食べてほしいのに……いっしょにおいしいねって、言いたいのに……」

氷水は「ふえっ……」としゃくりあげ、そのまま泣きだしてしまった。

「さみしい……お母様に会いたい……会いたいよぉ……」

「…………」

おそらく、氷水は皇后が亡くなってから寂しいのをずっと我慢してきたのだろう。いくらしっかりしているように見えても、まだ七歳の子供。母親が恋しいのは当たり前だ。側にいる女官たちがあの様子なら、きっと氷水は誰にも甘えられなかったに違いない。ずっと孤独に耐え続けてきたのだろう。

笙鈴は椅子から立ち上がると泣き続ける氷水に寄り添い、その小さな肩をさすする。

「皇女様。皇后様は、今もきっと皇女様の側にいます」

「いないもん！　だって、ずっとわたしが泣いても、会いたいって言ってもきてくれないんだもん……」

ぐずって涙が止まらない氷水に、笙鈴は声を掛け続ける。

「そうですね……確かに姿は見えず、声も聞こえないかもしれません。でも、ずっと皇女様のお側で、皇女様を見守っています。寂しくなんてないんですよ。今だって、そこの窓からきっと見守って……」

そう言いながら、笙鈴は視線を窓の外に向ける。すると視界の端を、一瞬金色のような、黄色のようなものが横切った。

（えっ、今のは……？）

庭を掃除していた誰かの服の色だろうか。だが、それにしては見かけない色の気がする。

笙鈴がそんな風に考えていると、氷水が身じろいだ。笙鈴ははっとして、幼い皇女に視線を戻す。

「……窓から見守っているかもしれませんし、お部屋の中から見守っているかもしれません。皇后様はいつでも皇女様の側にいます。だから寂しいなんて言わないでください」

「言っちゃだめなの……？」

「こうして皇女様が悲しんでいると、きっと皇后様も悲しい思いをされます。皇女様は美味しい料理を食べて、美味しいって言って笑ってください」

笙鈴が促すと、氷水は頷きながら饅頭（マントウ）を口に運ぶ。目からはまだ涙が零（こぼ）れていたが、出会った頃に比べればいくらか表情が柔らかく見える。

「笙鈴、おいしいね……」

「はい。この料理人の料理は、いつだって美味しいです」

「明日も食べたい……」

「じゃあ、明日も作ってくれるか聞いてみますね」

笙鈴はそう言いながら、氷水の唇の端に饅頭（マントウ）の欠片がついているのを見つける。氷水はまったく気付いていない様子なので、手巾（しゅきん）を手に彼女の横に膝をついた。

「皇女様、口の端に饅頭（マントウ）がついていますよ」

そう声を掛けて、顔を上げた氷水の口元をそっと手巾で拭く。

口元を拭かれている間、氷水は青い目を大きく開き、じっと笙鈴を見つめていた。

「はい、取れましたよ」

立ち上がりながら笙鈴が手巾を懐にしまっていると、氷水に袖を掴まれる。

「皇女様？」

「あのね、笙鈴……」

氷水は言いづらそうにしばらく俯いていたが、何かを決意した様子で白い頬を桃色に染めながら顔を上げる。

「わたしのこと、氷水って呼んで」

「お名前で？　……いや、でも私は下級女官ですし。そんな畏れ多いこと、できるわけ……」

「笙鈴なら呼んでもいいの！　ねえ、氷水って呼んで！」

縋りつくように両手で笙鈴の袖を掴み、上目遣いで見つめてきた氷水に敵うはずもない。笙鈴は笑みを浮かべ、「分かりました」と頷いた。

「ただしお名前で呼ぶのは二人でいる時だけです。みんながいる時は秘密ですよ」

「うん！　ひみつ！」

お互いに口の前で人差し指を立てて、しーっと声を揃える。年相応の無邪気な表情を見せてくれた氷水と笑い合いながら、笙鈴は食籠を指す。

「さあ、お料理が冷める前に全部食べてしまいましょう。氷水様が食べないなら、私が全部食べちゃいますよ」

「それはいやっ！　わたしもたべる！」

そう言って氷水は箸を持ち、食事を再開する。

笙鈴も彼女の向かいの席に戻ると、残っていた料理を口に運ぶのだった。

第五章　鬼と呼ばれる皇帝とその皇后

氷水に食事を届けた日から、二日後の夜。笙鈴がいつもの建物にやってくると、中で竜が待っていた。

笙鈴は前と同じように、竜に氷水の様子を伝える。

「……ということで、竜さんが作った料理は氷水様に喜ばれましたよ」

「当然だろう。俺が作った料理だからな」

竜はふんと鼻を鳴らして偉そうに言ってくる。

相変わらずの尊大さに笙鈴は頬を膨らませるが、少しほっとした気持ちにもなった。

ここ二日間、いつ来ても竜の姿はなかった。これまでは少なくとも一日おきに顔を合わせていたので、二日会えないだけで笙鈴はどこか寂しさを覚えてしまったのだ。

ただ竜の代わりなのか、昼間は憂炎か恭がここにいた。そして前回と変わらず氷水のための作り立ての料理を届けるよう頼まれたのだった。

（仕事が忙しいのかな……）

二日ぶりに会った竜は、どこかやつれたような顔をしている。

それにいつもなら笙鈴が来ると何かしら作ってくれているはずが、珍しく今日は何もなかった。料理を作る余力もないくらい疲れているのかもしれない。

そう笙鈴が考えていたところ――

「で、首飾りはどうなんだ？　……いや、聞くまでもないか。見つかっていないんだろうな。お前の顔がそんなに暗いということは」

竜から指摘され、図星だった笙鈴は肩を落とす。

「……はい。一応、竜さんに教えてもらったところはひと通り探したんですが、やっぱり限界がありまして……」

笙鈴は仕事の合間に時間を見つけては、後宮内で首飾りを探していた。しかし下級女官の身では、どうしても使える時間が足りない。朝は自分の仕事をし、それが終わった昼頃に食事を届けながら氷水の様子を見て、少し話した後で首飾りを探しに行く。

ただしその合間にも、急に割り振られてしまった辞めさせられた先輩女官の分の仕事をこなさなければいけない。となると、どうしても首飾り探しに割ける時間は少なくなってしまう。ようやく探しに行けても、少ししか時間が取れなかった。

仕事が全て終わった夜に探すことも考えたが、下級女官に渡される蝋燭や油には限りがあり、自由に灯りが使用できない。また春とはいえ、花冷えで夜は一気に気温が下がってしまう。長時間の活動は難しかった。

「原因は仕事か？」

笙鈴が色々考えながら黙っていると、竜が尋ねてきた。

「そうですよ。皇帝陛下が私の先輩女官たちを一斉に辞めさせたりなんかするから……この間は氷水様の側付き女官たちもほとんど追い出しちゃったんですよ。人手が足りなくて、普段ならやらないような仕事まで回ってくるんです。本当に、噂以上に容赦がないんだから……」

笙鈴の言葉に、竜はなぜか露骨に顔をしかめた。

「……噂？　どんな噂があるんだ？」

「鬼ですよ、鬼。『皇帝は鬼』っていつも噂されてるんです。あれって本当だったんですね」

「ちょっと待て。その『皇帝が鬼』って噂はどこから出たんだ？　そんな噂、俺は初耳だぞ」

なぜか竜は「皇帝が鬼」という言葉に過敏に反応した。

（私、何かいけないこと言った……？）

笙鈴が瞬きを繰り返している間にも、竜は低い声で問いかけてくる。

「詳細を話せ、鼠娘」

これまで見たことがない険しい表情をした竜に、笙鈴は気圧されそうになる。たじろぎながらも、どうにか口を開いた。

「そんなこと聞かれても……私もこの間、他の女官たちが話しているのを聞いて知っただけなんですが……」

氷水に食事を届けに行った日、笙鈴は夕餉の時間に同輩の下級女官たちからその噂を聞いた。笙鈴の先輩女官たちが一斉にいなくなってしまったので、話の流れで皇帝のことが話題に上がったのだ。

皇帝は疑り深く、次々と女官や衛兵を追い出すことから、一部の者たち——特に長らく後宮で働いている数少ない古株から、「鬼」として恐れられているらしい。女官や衛兵がどれだけ平伏し、謝罪を繰り返しても、「鬼」の飛竜は慈悲もなく追い出すのだという。

「……聞いた話によれば、皇帝が些細な失敗をした文官や武官を厳しく叱責している姿を見た人がいたみたいです。その時の形相がまるで鬼みたいだったらしいですよ。今にも角が生えそうだったとかなんとか……どんな形相だったんですかね？　こんな表情とか？」

笙鈴は両手の人差し指を頭の上で立て、鬼を表現してみせる。

笙鈴は自分の話のせいで仏頂面になった竜を笑わせようとしたのだが、竜の機嫌は直らない。それどころか、ますます眉間の皺が深くなった。

「そこまで鬼のような形相をしていたか……？　いや、それよりも、そこまで追い出していたか……？」

笙鈴はぶつぶつと呟く竜を不思議に思いつつも、言葉を掛ける。

「でもあくまで噂は噂ですから、本当かどうかなんて分からないですけどね。それに鬼って、地域によっては守り神として崇められてるじゃないですか。皇帝が鬼なんて、頼もしそうでいいと思います！」

実際笙鈴が住む地域などでは、鬼は悪の象徴としてではなく神として崇められ、地域の守り神として立派な霊廟で祀られている。鬼神が悪霊や災害から人里を救った伝承や、国の成立に関わったという伝説もいくつもあり、民間に広く定着しているのだ。

竜は笙鈴の言葉に納得がいっていないのか、「そういう問題か？」と首を傾げて不機嫌な顔をしていた。が、しばらくして大きく息を吐く。

「……まあ、いい。せっかくだから鼠娘には話してやる。皇帝が鬼と呼ばれるようになった本当の原因——つまり疑り深くなった理由について、俺が知っていることをな」

「えっ⁉ 竜さんは理由を知っているんですか？ 皇族に詳しいんですね」

笙鈴が驚くと、なぜか竜は気まずそうに視線を逸らす。

「……まあな」

「あれ？ でもその割には、皇帝の娘である氷水様のことは何も知らなかったですよね」

「それは、まあ、そうかもしれないが……とにかくこう見えて、俺と皇帝は付き合いが長いんだ」

「料理人なのに？」

「料理人だからこそ知っていることもある。皇后の本当の死因についても……」

「本当の……？　皇后様は病死されたんですよね？」

「表向きはな。でも実際は違う」

竜は険しい表情を浮かべると、声を潜めて言う。

「皇后は食事に毒を盛られたんだ。それがきっかけで花が萎れるように、呆気なく朽ちて……死んだ」

「どっ……」

笙鈴が思わず「毒」と言いそうになると、竜の大きな手で口を押さえられる。

「あまり大きな声で話すな。これは皇帝の側近の中でも一部の人間しか知らされていない秘匿事項だ」

「で、でも、あまりにもびっくりして！　だってまさか……ずっとご病気で亡くなられたって聞いていたから……！」

皇后が亡くなった当時、笙鈴はまだ故郷で家族と共に暮らしていたが、皇后逝去の話は田舎の村でも話題となっていた。

「これから話すことについても、絶対に口外はするんじゃないぞ」

そう前置きして、竜は話し始めた。

今から二年前のある日、皇后は急に病に罹り、それが原因となって数日後に亡くなった。亡くなった時、皇后はまだ二十三歳だった。

皇后は十七歳の時に西の国からほとんど身一つで仙皇国に嫁ぎ、当時皇帝に即位したばかりであった十八歳の飛竜の皇后となった。

西の国の人々の肌の色素が薄く彫りの深い容姿は、仙皇国の人々とは大きく異なる。仙皇国では西の国の容姿は珍しく、差別の対象になることも少なくなかったという。

しかし交易や外交上の利益を生むという理由から、二人の婚姻が決まった。いわゆる政略結婚ではあったものの、二人の仲は非常によかったそうだ。飛竜は公務を終わらせると、足しげく後宮にやってきては皇后の元を訪れていたらしい。

そして皇后が嫁いでから一年後には、二人の間に皇女である氷水が生まれた。

となれば次は世継ぎとなる皇子をと、臣下や民が期待を寄せている中、皇后は病で倒れてしまったのだ。

氷水が生まれてから皇后が身罷るまでの間も皇帝は皇后の元を訪れていた。しかし皇后が病に伏せた時はたまたま諸外国との交易で王城を留守にしていたそうだ。慌てて戻ってきた時には、皇后は息を引き取った後だったらしい。

「……皇后が倒れた際に、診察した医官が調べてな。皇后が倒れる直前に口にした食事の残りから毒が見つかった——福寿草の毒と言っていたな」

毒の名前を聞いて、笙鈴ははっとした。

「フクジュソウ……聞いたことがあります。黄色の花を咲かせる植物ですよね。蕗と似ているから、食べたり触ったりしないようにって、子供の頃に教わりました」

笙鈴のような貧しい家の者は、食料の調達のために子供の頃から山に入ることが多い。その際に大人たちから、食べたり触ったりしてはいけない毒の草花について教わる。その中にフクジュソウがあったのだ。

春先に芽吹くフクジュソウは、山菜の蕗と似ていることもあり、毎年間違って摘んでしまう者が後を絶たない。食べてしまうと、嘔吐、呼吸困難、心臓麻痺などの症状が出る。最悪の場合は死に至る恐ろしい毒草だ。

竜は笙鈴の言葉に頷きつつ続ける。

「フクジュソウでも、特に根は毒性が強くてな。皇后に使われたのはフクジュソウの根だった。皇帝は信頼の置ける一部の側近と武官たちに捜査を命じた……そうして皇后に毒を盛った犯人は、割とあっさり見つかったんだ」

「犯人は誰だったんですか？」

「自分の娘を皇后にし、権力を握りたい高官の一人だった。犯人が判明するなり、皇帝は高官とその一族を一人残らず処刑場に送った。歴代の皇帝に仕えている一族だったからか、犯人が判明した時、宮中は大騒ぎだった。処刑した表向きの理由を皇后の暗殺ではなく、皇帝暗殺未遂の首謀者にしたせいというのもあるだろうが……女子供まで処刑をするような無慈悲な皇帝だとは、その時まで誰も想像していなかったのだろうな」

ちなみに皇后の本当の死因を隠したのは、彼女の祖国である西の国との軋轢を避けるためらしい。政略結婚が行われたとはいえ、仙皇国と西の国の関係は良好なばかりではなく、たびたび緊張状態に陥ってきた。特に貴族や上級官吏といったこの国の保守的な人間の中には、容姿の異なる西の国の者をあからさまに見下し、偏見を露わにしている者も少なくない。

「でも……皇后様の食事の毒見はしなかったんですか？　いつもしているはずなのに」

笙鈴は感じていた疑問を竜にぶつける。

「その日に限って、普段の毒見役が不調で寝込んでいた。代わりに毒見をした女官がいたんだが、そいつも犯人の仲間だった。もっとも、その女官を見つけた時にはすでに事切れて後宮内の池の中に浮かんでいたから、本当のところは分からないがな……高官か、その一族が雇った輩に口封じされたんだろう」

後から分かったことだが、毒見役が寝込んでいたのも含めて、高官の仕業だったらしい。高官は飛竜が城を留守にする日を狙い、事を起こしたのだ。

「亡くなる直前、皇后は『氷水や皇帝じゃなくて自分でよかった』と話していたらしいんだ。だが、死んだら意味がない。残された側はただ虚しいだけなのにな……」

話し終えた竜が沈黙し、重苦しい空気が漂う。

笙鈴も竜から聞いた話には胸が詰まり、しばらく口をつぐんでいた。

「……つまり皇帝が疑り深いのは、大切な奥さんである皇后様を毒殺されたからってことですか。それも長い間、皇帝に仕えていた高官の仕業で……」

「ああ、皇后が亡くなって、犯人やその関係者を捕らえた時、皇帝はこう思ったんだ。『誰も信用できない』と」

竜はまるで皇帝の気持ちを代弁するかのように、当時のことを語った。

「いや……誰も信頼できないというより、『何を信じたらいいのか分からなくなった』というのが正直な気持ちらしい。この世界に絶対はないのだと突きつけられたようなものだからな。絶対裏切らない臣下、絶対いなくならない伴侶……だがそう分かっていても、心が受け入れられるかどうかは別の問題だ」

代々皇帝に仕えていた高官の裏切り、最愛の皇后との早過ぎる別れは、飛竜の心に大きな影を落としたのだという。たとえ犯人を捕まえても、皇后は戻ってこない。

それどころか、今後もまた信用していた人物に裏切られ、愛した女性に先立たれるかもしれない。

それ以来、皇帝は本当に信用できる者のみを側に置き、他の者は遠ざけた。不審な動きをする者は全員城から追い出し、後妻を娶ることもしなかった。

「皇帝が誰も近くに置かなくなった途端、今度は皇女である氷水様に近づく者が増えた。まだ幼い皇女ならつけ入る隙があると思ったのか……あるいは、西の国の血を引く皇女が死ねば皇帝が仙皇国内から新しい正室を娶ると踏んだのか……とにかく、皇女が皇后と同じ目に遭いそうになると、皇帝は皇女の側仕えや後宮の女官たちを追い出すようになったんだ。時には多少手荒いやり方を使うこともあった。ほんのわずかな疑惑があるというだけで後宮から追放したこともあった。冷酷、無情、非情と思われ、鬼に例えられるのも仕方ないだろうな」

「それでも……」と竜は心底悔しそうに、喉を上下させながら続ける。

「何人放逐しても、意味がない。気付くとまた皇族や国を害しようと企てる者が後宮に紛れ込んでいる……」

ここまでほとんど一気に話した竜は大きな溜め息を吐くと、両肩の力を抜く。

「最近皇女の噂をまったく聞かないから心配していたんだ。前までは後宮内の庭で見かけた話を聞いていたんだが……皇帝は自分が直接関わった方が皇女の身に危険が迫るかもしれないと思い、自ら距離を置いた。まさかそれが裏目に出るとはな……」

「それで、皇帝陛下は滅多に氷水様に会いに来ないんですね」

飛竜は氷水が大切だからこそ、直接会うのではなく、あえて遠くから見守る道を選んだのだろう。それはなんて切なく——優しい選択なのだろう。

「それだけじゃないんだけどな」

しんみりした空気を吹き飛ばすように、竜は咳払いをする。

「ただ単に皇帝も忙しかったんだろう。いくら皇帝本人がしばらく妃は娶らないと言っても、周りはそうはいかない。世継ぎの問題もあるからか、最近は信用できる筋からも妃の話が来ている。皇后の喪に服して、側妃を含めて誰も後宮に迎え入れないと言い続けるのも限界なんだろう」

「なーんだ。じゃあただ単に言い訳して、氷水様と向き合うことから逃げているだけなんですね」

不憫な氷水の境遇に同情している笙鈴はにべもなく言った。

「……皇帝に対してあまり酷いことを言うと、他の女官たちと同じようにここを追い出されるぞ。皇帝も人の子だからな。傷付く時は人並みに傷付く」

そう言うと、竜は指先で笙鈴の両耳を掴んで思い切り引っ張る。

「ちょ、ちょっと！　痛いですっ！」

笙鈴が訴えると、竜は面白くなさそうな顔をしながらも、すぐに離してくれた。

「……とにかく、首飾りを探す時間の確保は俺の方でも考える。お前は早急に首飾りを見つけろ。探すなら庭の木の上まで念入りにな」

「庭の木の上……？」

突拍子もない場所を提案されて、笙鈴は思わず聞き返した。

「ああ。特に人の手が届くような適度な高さのある木の枝葉の上……そうだな、鳥の巣なんかが怪しい。ありふれた場所こそが本命かもしれんぞ」

「鳥の巣……？　もー、そんなところにあるわけないじゃないですか！　子供の悪戯じゃないんですよ？」

笙鈴は笑い飛ばしたが、竜はいたって真剣な表情をしていたのでそれ以上何も言うことができない。

「えっと……じゃあ、私はそろそろ戻りますね。明日は早く起きて、仕事前にも探そうと思うので」

「そうか……おい、鼠娘」

笙鈴は背中から声を掛けられて振り向く。

「……無理はするなよ」

そう口にした竜は、いつもの竜らしくない、痛みを我慢するような表情を浮かべていた。

笙鈴はその顔を見て思わず息を呑む。けれども竜にそんな顔をさせたくなくて、すぐに笑みを浮かべると、いつもの調子で返した。

「分かってますよ。もう、竜さんは心配性なんだから」

竜は目を見開いたかと思うと、いつもの横柄な態度に戻る。

「そうだった。心配する必要はなかったな。鼠娘なら鼠らしく逃げられるからな」

「もう、酷いです！」

そんな会話を交わした後、今度こそ笙鈴は自室に戻ったのだった。

◆

次の日の朝、笙鈴が厨（くりや）で朝餉を取っていると、突然女官長に呼び出された。

「高（コウ）笙鈴。来なさい」

「えっ⁉ はい！」

笙鈴は残っていた朝餉を急いで平らげて立ち上がった。

厨で一緒に食事をしていた他の下級女官たちは、見慣れている光景に特に心を動かした様子はない。

女官長は後宮で働く女官たちのまとめ役でもあるが、皇帝との橋渡し役も担っている。後宮で起こったことは全て女官長を通じて皇帝の耳に入り、皇帝の沙汰一つでここを追い出されるかどうか決まるのだ。

下級女官たちを女官長が直々に呼び出すということは、皇帝である飛竜の不興を買ったということ。つまり、仕事を辞めさせられるという意味に等しい。

後宮内に限らず、王城で働く者なら誰もが飛竜の疑り深い性格を知っている。ある日突然不敬だとして城を追い出されるのは、日常的にあることだった。

そんな理由で下級女官たちがみんな無関心な中、ただ一人、料理人だけがどこか心配そうな顔を笙鈴が去っていった方へ向けていた。

笙鈴が慌てて厨の外に出ると、女官長が廊下で待っていた。彼女がついてくるようにと言ったので、笙鈴は黙って後に続く。

笙鈴は大人しく女官長の背後を歩きながらも、嫌な考えばかりが頭を巡っていた。

笙鈴はここで働き始めてから、後宮どころか王城の中から姿を消した女官たちを何人も見てきた。それは決まって女官長に呼び出された後であり、この間の先輩女官たちがいい例だった。

直接関わっていなくても知らずに皇帝の不興を買っている可能性も考えられるので、筌鈴もいつ追い出されてもおかしくない。とはいえ、まさか今の時期に追い出されるとは思っていなかったが……

ここ最近は大きな失敗をしたつもりはなかったが、何か自分でも気付かないところで粗相でもしたのだろうか。それとも氷水の首飾り探しで後宮内を奔走していたのを怪しまれてしまったのか。

そんなことを考えながら、筌鈴は故郷で暮らしている家族に、頭の中で何度も詫び続けた。

（ああ、ごめんね。お父さん、お母さん、弟に妹たち……）

通路を歩き、赤い柱が並ぶ廊下を歩く時間が妙に長く感じられる。

その間ずっと女官長が無言だったせいもあって、筌鈴は今にも逃げだしたい気持ちに駆られていた。

しばらく女官長について歩いていると、ふと、どこかで見たことがあるような通路に出た。周囲を見渡して、筌鈴は気付く。

（この道……いつも氷水様に食事を運ぶ時に通る場所だ）

ならば向かっている先は皇帝の元ではなく、氷水の部屋なのだろうか。

笙鈴が不思議に思っていると、女官長は氷水の部屋に向かう通路とは別の通路に曲がっていく。慌てて笙鈴もついていくと、曲がり角を進んでからすぐの部屋の前で、女官長は立ち止まった。

「失礼します。高笙鈴をお連れしました」

「入りなさい」

部屋の内側から聞こえてきた低い声に笙鈴は驚いてしまう。

（この声って……！）

一度聞いたら忘れられそうにない穏やかな低い声色に、笙鈴は聞き覚えがある。

女官長が「失礼します」と言って扉を開けたので、笙鈴もその後に続いて室内に足を踏み入れる。

部屋の中には一人の官吏がいた。相手は窓に背を向けて立っていたので逆光で顔は見えなかったが、背格好から笙鈴には誰だか分かった。

「ご苦労様です。貴女は戻ってください」

官吏にそう言われた女官長は、礼をするとそのまま退室した。

扉が閉まると、室内に残された笙鈴に官吏が声を掛ける。

「また会いましたね、笙鈴殿」

一歩前に出た官吏は、やはり笙鈴が予想していた通りの人物だった。

「憂炎様！」

「貴女の話は、常々我が君より伺っています。随分頑張っているようですね」

皇帝の不興を買ったわけではないと分かり、笙鈴は安心して肩の力を抜く。

そんな笙鈴の変化を、憂炎は目ざとく見つけたようだった。

「もしかして、ここを追い出されるとでも思いましたか？」

「ええ、まあ……その……はい」

憂炎は笙鈴を安心させるように笑みを浮かべる。

「杞憂ですよ。今日はそういう理由でお呼び立てしたわけではないのです」

憂炎は笙鈴の側に歩み寄ると、本題に入った。

「笙鈴殿はご存じかもしれませんが、実は皇女様付きの女官はほとんどが昨日までにここを去りました。そのため、現在女官の手が足りず、皇女様のお世話をする者が十分ではありません」

　憂炎の言葉に笙鈴ははっとする。

　初めて氷水に食事を届けた日に通路ですれ違った女官たちが話していたが、やはり氷水付きの女官たちは大部分が後宮を追い出されてしまった様子だ。皇女である氷水に嫌がらせをしていたのだから、自業自得ではあるのだが……

　笙鈴がそんなことを考えていると、憂炎が思いもしない提案をしてきた。

「そこで一時的にではありますが、笙鈴殿を皇女様付きの女官に任命したいのです。引き受けていただけますね？」

「えっ？　私がですか⁉」

　笙鈴は動揺してしまい、慌てて断る理由を探す。下級女官である自分が皇族の側付きになるなんて思いもしなかったからだ。もちろん氷水のことは大好きだが、それよりも畏れ多いという気持ちが勝ってしまう。

「わ、私は下級女官で、ここで働き始めてからもあまり時間が経ってません。私より仕事に慣れている女官や、もっといい家の出の女官の方が適任だと思います」

　しかし憂炎はなおも笙鈴に言う。

「笙鈴殿、これは我が君の命令なのです。主上は貴女を皇女様付きの女官に指名されました。それにこれは、皇女様ご自身も望んでおられることです」

氷水がそう思っていてくれると知り、笙鈴は素直に嬉しかった。だがそれ以上に、疑問の方が大きい。

「皇女様だけではなく、皇帝陛下まで……？」

笙鈴の頭の中に、全てを軽蔑するような冷徹な目で玉座から人々を見下ろす皇帝の姿がぼんやりと浮かんでくる。

だが笙鈴が想像する皇帝の印象は、竜の話を聞いて今までとは変わったものになっていた。冷酷無比な鬼ではなく、皇后を失った絶望から変わってしまったという、普通の人間と変わらない感情を持つ皇帝――

とはいえ、今まで直接会ったことすらない皇帝の飛竜が、笙鈴を氷水付きの女官という重要な役職を命じた理由はよく分からない。竜の話によれば、皇帝は氷水を大切に思っている。だからこそ強い信頼を置く者しか、側付きの女官にはしないはずだ。

だが氷水の望みでもあるなら、笙鈴は断るわけにはいかなかった。そもそも憂炎の言う通り、皇帝の命令であるなら笙鈴に拒否権はない。

「わ、分かりました。お引き受けいたします……」

「ありがとうございます。それでは、早速支度をしてください」

仕方なく笙鈴がそう答えた途端、憂炎が両手を叩く。

すると部屋の扉が開き、そこには今まで外で控えていたと思しき女官が立っていた。桜の刺繍が施された仕立てのいい碧色の襦裙を身に纏い、笙鈴よりわずかに歳上である様子だ。

女官は部屋に入らず、扉のところでお辞儀をしている。

「笙鈴殿、こちらは峰花殿です。皇女様付きの女官はほとんど解雇されましたが、彼女は嫌がらせについての疑いが晴れて残りました。最も長く皇女様に仕えてきた女官でもあります。峰花殿、こちらは笙鈴殿です。一時ではありますが、主上の命で皇女様付きの女官となります。教育係として貴女が仕事を教えてください」

「御意」

どこかで聞いた名前だと笙鈴が考えていると、峰花と呼ばれた女官が返事と共に顔を上げる。

「あっ……」

その女官を見た時、笙鈴は声を上げてしまった。

（この間の女官だ……！）

峰花は最初に氷水と会った時に部屋にいた女性だった。氷水に冷たくあたる他の女官たちを止めるように、彼女が割って入っていたのを覚えている。ただ彼女も決して氷水に優しいようには見えなかったが……それでも憂炎が疑いが晴れたと言うのだから、信用できる相手なのだろう。

改めて間近で峰花を見ると、白い肌に濡羽色の髪と瞳を持ち、その容姿は端麗さが際立っていた。氷水が幾重にも花びらを纏った可愛らしい桃色の花だとしたら、峰花は一重の花びらで凛と咲く空色の花といった印象だ。

峰花のような美人は身近にいなかったので、笙鈴はつい見惚れてしまう。

「笙鈴殿は峰花殿について、まずは皇女様付きの女官として相応しい装いに着替えてください。今のままでは下働きの者と間違われてしまうので」

「は、はい」

憂炎にそう言われてしまい、笙鈴は情けなく思いつつも返事をした。

「では峰花殿は、まず笙鈴殿の支度を手伝ってください。くれぐれも皇女様、並びに主上に粗相のないようにお願いします」

「承知いたしました……笙鈴、こちらに来なさい」

峰花に呼ばれ、笙鈴は部屋の扉に向かう。

そこで峰花が憂炎に礼をしたので、笙鈴も急いでそれに倣ったのだった。

部屋を離れた峰花は速足で進んでいき、笙鈴は慌てて後を追いかける。

「峰花さん、これからよろしくお願……」

「峰花、で結構です。それと、挨拶は不要です」

峰花にぴしゃりと言われて、笙鈴は黙り込んだ。

「着替えたらすぐに仕事に取りかかります」

「は、はい……！」

笙鈴は峰花に急かされ、とある部屋の前にたどり着き、中に通される。

そこは女官たちの衣裳部屋である様子だった。部屋の中には峰花が着ているものと同じ、たくさんの碧色の襦裙と新品の沓が置かれている。

「着方は分かりますね。私はここで待っています。早く着替えてきなさい。この後は髪や化粧も整えなければならないので、あまり時間は掛けられません」

「は、はい！」

峰花が外に出て扉を閉めると、笙鈴はそっと息を吐く。

（い、急いで着替えないと……！）

着ている襦裙を脱いで沓を履き替えながら、笙鈴はふと考える。

（そういえば氷水様付きの女官になったってことは、今までよりも首飾りを探しやすくなったってことなんじゃ……？）

例えば今笙鈴が着替えに使っているこの部屋は、竜から首飾りの隠し場所として怪しいと言われながら、下級女官だった頃には自由に出入りができなかった部屋だ。

（仕事を理由にあちこちの部屋に出入りして首飾り探しができる！　これなら仕事の合間や仕事が終わった後にコソコソ探す必要もないんじゃ……！）

「笙鈴、早くしなさい！」

そんなことを考えていると、部屋の外から峰花に声を掛けられる。

笙鈴は慌てて返事をすると、着替えを済ませて部屋を後にしたのだった。

第六章　毒殺

笙鈴（ショウリン）が氷水（ビンスイ）付きの女官になって、二日が経過した。

といっても、氷水に関する仕事が増えたくらいで、それを除けばやることは下級女官の頃とあまり変わりがない。

「笙鈴、次は氷水様の部屋の掃除をお願いします」

「はい！」

そんな風に峰花（フォンファ）に雑用を言いつけられてはこなし、その合間に首飾りを探す日々が続いていた。

氷水付きの女官に任命された最初の日、笙鈴は氷水にこっそり会いに行った。

氷水は笙鈴が側仕えになって喜んでくれた。だが笙鈴が自分付きになったからか、以前は言わなかった「早く首飾りを見つけてほしい」という気持ちを伝えてきた。

笙鈴は焦りを感じている。氷水に頼まれたからだけではない。それに加えて、皇后の慰霊祭にやってくる使節団を迎える用意も進んでいるからだ。

竜が以前言っていた通り、首飾り探しの期限は最初の行商たちがやってくるまでだ。後宮にたくさんの部外者が紛れ込んでしまう前に、首飾りを見つけなければならない。

下級女官の頃よりは仕事量が減って余裕ができたので、仕事終わりや合間に人目を避けて首飾りを探してはいる。しかしやはり時間に限りがあった。

竜がある程度隠し場所を予想してくれたので、広い後宮をあてもなく探すよりはまだ楽ではある。だがそれでも、悠長にはしていられない。全ての場所を探し終わる前に部外者たちが来たら、今までの苦労が無駄になってしまう。

(早く氷水様の首飾りを見つけたいのにー！　こんなに仕事を邪魔に思う日が来るなんて!!)

働くことはまったく苦ではない笙鈴だったが、首飾りを探しに行けないせいで苛立ちは募るばかりだった。だが、だからといって仕事を放り出すわけにもいかない。

この日も笙鈴は峰花に指示されて、氷水の部屋を掃除していた。

ちなみに氷水はというと、教師を務める女官と別の部屋で勉強に励んでいる。

「それじゃあ笙鈴、私は取りかえた敷布団を洗濯に出してくるわ」

「私は部屋のごみをまとめておくね」

掃除がある程度終わると、笙鈴と共に掃除していた女官はそう言って部屋を出ていった。峰花をはじめとする他の女官たちもそれぞれ別の仕事をしているため、今部屋にいるのは笙鈴ただ一人だ。

部屋に残された笙鈴はごみを掃き集めながら考える。

（今のうちに、氷水様の部屋の中を探してみようかな……？）

とはいっても、氷水の部屋の大部分は氷水付きの女官に指名された直後に調べてあった。

残るは屋根の上や、庭にある池の中ぐらいだが、昼間に探すには目立ち過ぎる。宵闇に紛れながら地道に探すしか方法はないだろう。

だが誰にも見つからないよう灯りを最小限にしか点けられないので手元が暗く、探すのには手間がかかる。こうしている間にも、期限はどんどんと迫っていた。

（まさか部屋の中に首飾りはないだろうけども……）

焦った笙鈴がそう考えながら窓辺に近寄った、その時――

鏡台と壁の間の隙間に、何かが落ちているのが見えた。それは太陽の光を受けて、きらきらと光っている。

（まさか……⁉）

笙鈴は身をかがめて隙間に手を入れる。しかし光る物体は笙鈴が伸ばした手より指一本ほど奥に入っており、届きそうで届かなかった。

何か長い棒状のものはないかと辺りを見まわすと、先程まで使っていた箒が目に入る。

（これなら……‼）

笙鈴は隙間に箒を入れると、なんとか奥に入っていた光る物体を手前に引きずり出す。大量の塵（ちり）や埃（ほこり）と一緒に出てきたのは、白い陶器製の小瓶（こびん）だった。

（なんだ、首飾りじゃなかったんだ……光っていたのは玉じゃなくて、陶器だからか……）

だが肩を落としながらも、笙鈴は小瓶の蓋を開けてみる。中にはどろりとした黒い液状のものが入っていた。

（これは……？　お香でもないし、なんでこんな変なものが氷水様の部屋に……）

どことなく腐ったような臭いもして、笙鈴は顔をしかめた。

（氷水様に確認して、後で捨てておいた方がいいかな……）

そう考えていた時、突然部屋の扉が開く。

「笙鈴？　そこで何をしているのですか？」

声がして、峰花が顔を出した。

とっさに小瓶を袂に隠し、笙鈴は慌てて立ち上がる。

「他の女官はどこに行ったのですか？」

「今さっき敷布団を洗濯に持っていきました。私はここに残ってごみを集めていて……」

問いかけられた笙鈴が床に置いてあった箒を見せると、峰花は納得したように頷いた。

「ご苦労様です。ですが一人で行動するのは慎んでくださいね。先日も下働きの女が氷水様の所持品を盗んで捕らえられたばかりです」

「そうなんですか？」

詳しいことは教えてもらえなかったが、女は皇族の部屋に忍び込んでは持ち物を横領していたらしい。

「ええ。ですからあらぬ誤解を受けるような、不用意な行動は慎みなさい。ただでさえ人手が足りないというのに……」

「すみません……」

「謝罪は結構。早く掃除を終わらせて、氷水様の夕餉の用意を手伝ってください」

「は、はい！」

笙鈴が返事をしていると、敷布団を洗濯に持っていった女官が戻ってくる。峰花は笙鈴に手短に厨（くりや）の場所を伝え、すぐに部屋を出ていった。

峰花がいなくなると、同僚の女官がおそるおそる声を掛けてくる。

「笙鈴、峰花と何を話していたの？」

「氷水様のお食事の用意を手伝ってほしいんだって。人が足りないみたいで……」

「そうなの⁉」

女官が急に素（す）っ頓狂（とんきょう）な声を上げたので、笙鈴は首を傾げる。

「そんなに驚くことなの？　食事の用意だけでしょ？　大したことじゃないと思うけど」

「でも皇族の方々の食事の用意を頼まれるなんて、そうあることじゃないわ！」

「どうして？」

「万が一にでも食事に問題があった場合、真っ先に疑われるのは料理人と、食事の用意を手伝った女官たちなのよ！　これまでも皇帝陛下の食事に毒が盛られていたことがあって大騒ぎになったんだから！」

女官の話によると、実害を受けたのは食事を食べて即死した毒見役だけで皇帝は無事だったらしい。だが激怒した飛竜（フェイロン）は、料理に触れた料理人から支度を手伝った女官まで全員を捕らえるように命じ、その後で一人残らず処刑したとのことだった。

「そんなことがあったんだ……」

「皇后様が亡くなったすぐ後の話だけどね……でも、それから皇帝陛下や氷水様の食事を用意できるのは、ご本人たちか、高官である憂炎（ユーエン）様の推薦を受けた人だけになってしまったの」

（えっ……？）

笙鈴は女官の言葉が引っかかった。

氷水をいじめて食事に細工をしていた女官たちを飛竜や氷水が選んだとは思えない。

なら、彼女たちは憂炎の推薦を得ていたというのだろうか。それとも、憂炎の目をかいくぐって氷水に嫌がらせをするほど、女官たちの西の国への差別は深かったのだろうか。

「笙鈴ったら、氷水様付きの女官になってまだ日が浅いのに、一体いつの間にそんな立場になったのよ」

「な、何もしてないよ！　きっと人手不足を理由に適当に選んだだけだってば！」

笙鈴は考えるのをやめ、慌てて適当に言い繕ったが、おそらく氷水が指名したのだろう。峰花が食事の手伝いに選んでほしい女官を氷水に尋ね、笙鈴の名前を出したに違いない。ただその推測を女官に話したら、自分と氷水との関係まで詳しく説明する必要が出てくる。

笙鈴は誤魔化（ごまか）すために「氷水様の食事ってやっぱり豪華なのかな～」と話題を変えながら、再び箒で部屋の床を掃き始める。

女官は「もう、あなたって食べ物のことばかりね」とおかしそうに笑い、残りの仕事に取りかかるのだった。

掃除を終えてすぐ、夕餉の時間になった。笙鈴が厨に向かうと、そこには忙しく立ちまわる料理人や食事係の女官、宦官の姿があった。食欲をそそる料理の匂いが出迎えてくれる。

同時に厨を満たす白い煙の向こうからは、料理人の怒鳴り声も聞こえてきた。

「失礼します……」

笙鈴は首を竦(すく)めながら、目に入った卓に近づいていく。そこにはすでに、完成した料理が並べられていた。

「うわ～っ！　豪華な食事！」

見目麗しい料理に目を奪われていると、料理人と思しき体格のいい女性が現れ、汁物を笙鈴の前に置きながら声を掛けてくる。

「どれもすごいだろう！　腕によりをかけた品ばかりさ！」

汁物の中には瑞々しい青菜の葉と、根菜類が浮かんでいる。ほんのわずかに醤油(しょうゆ)出汁の匂いもした。

「今日の夕餉は風州の海で獲(と)れた魚を主菜に、汁物や副菜を用意したんだよ」

「そうなんですね。美味しそう……」

笙鈴は行ったことはないが、仙皇国の南に位置する風州には大きな港があり、漁業が盛んだと聞いたことがある。

かつての皇帝たちも立ち寄った際には必ず現地の魚料理を食したと言われているくらい、風州の魚は活きがよく、脂が乗っているらしい。早馬を使えば、港から城までは半日も掛からない。この魚も早馬で届けられたものに違いなかった。

「美味しそう……」

主菜であるという魚のお造りをはじめ、小籠包、焼売、蒸した家鴨、山の幸を使った小鉢、甘味として果物や蒸した饅頭もある。下級女官にとっては貴重品である魚に、見るからに味のよさそうな料理の数々。笙鈴の口の中が唾液でいっぱいになる。

物欲しげな笙鈴を見て、料理人は大声で笑いだす。

「そんなに食べたければ、味見してみるかい？」

「ええっ、いいんですか？」

「何かあった時に備えて、同じものを複数用意しているからね。ただ大抵いつも余るだけだから、少しくらい食べていいよ」

「ど、どうしよう。なら食べてみようかな……」

「何を話しているのですか？」

突然声がして笙鈴はびくっと縮み上がる。振り返れば忙しく働く者たちを避けながら近づいてくる峰花の姿があった。

「笙鈴、随分と遅かったのですね。食事の支度はほとんど終わってしまいましたよ」

「掃除が終わってすぐに来たつもりでしたが……すみません」

「謝罪は不要です。料理を運ぶので早く手伝ってください。急がないと料理が到着する前に、氷水様がお戻りになりますよ」

ぴしゃりと冷たく言い放つと、峰花は笙鈴に背を向けた。

峰花の態度に料理人はやれやれと肩を竦めて笙鈴に囁く。

「気にするんじゃないよ、いっつもあんな感じだからね。同じ女官だってのに、他の女官を威圧してどうするんだか。もう少し優しく言ってもいいだろうに」

「あ、あはは……私なら大丈夫ですよ」

笙鈴はすっかり慣れたので平気だが、料理人のように付き合いが長い人間にとってさえ、峰花の態度は冷ややかに映る様子だ。

こうして料理人から氷水の食事を受け取ると、笙鈴は厨を後にした。峰花と共に、氷水が食事をする前に、毒見をするための部屋へ向かう。

笙鈴は料理が盛られた小皿を載せた膳を持ち、峰花の後ろについて歩く。膳の中ではところ狭しと並んだ小皿同士がぶつかり、陶器がかちゃかちゃと音を立てるほどだ。

「氷水様はいつもこんなに召し上がるんですか？」

「氷水様に限らず、皇族方はその時の気分で食べるものを決めます。ですから、何を食べたいと言われてもいいように、あらかじめ複数の食事を用意しておくのです」

「そうなんですね……」

そんなことを話しながら廊下を進み、料理を運んでいた笙鈴。しかし曲がり角を曲がった時、うっかり自分の襦裙の裾を踏んづけてしまった。

「うわぁ……!?」

裾を踏んでつんのめり、笙鈴はその場に転ぶ。その弾みで持っていた膳が手から離れ、前を歩いていた峰花にぶつかりかける。

「……っ！」

笙鈴の声で峰花が振り返り、飛んできた膳に気付いてさっと身を翻(ひるがえ)した。おかげで事なきを得たが、膳は勢いよく壁にぶつかった。陶器が割れる大きな音が廊下に響く。

「いったーい‼」

「笙鈴、何をしているのですか！　時間がないというのに……」

峰花はそう言いながらも笙鈴に手を差し伸べた。

「すみません、裾を踏んでしまって……」

峰花の助けを借りて、笙鈴は襦裙についた埃や汚れを落としながら立ち上がる。

「まったく……後片付けは私の方でしておきます。貴女は厨に戻って同じ料理をもらってきてください」

「は、はい……」

「待ちなさい。何か落としましたよ」

慌てて廊下を引き返そうとする笙鈴は、峰花に背後から声を掛けられて立ち止まる。

峰花が差し出した掌(てのひら)には、氷水の部屋で見つけた陶器の小瓶があった。

笙鈴ははっとして袂を探る。しかし先程しまったはずの小瓶がどこにもなかった。

転んだ時に落としてしまったのだろうと考えて慌てて峰花の元へ駆け寄り、受け取る。

「ありがとうございます！　よかった〜、割れて中身が零れなくて……」

「……とにかく、笙鈴は早く食事を取ってきてください。私は先に部屋に向かいます」

「はっ、はい！　急ぎます！」

峰花は、笙鈴の手の中にある小瓶をじっと見つめていた。だが、笙鈴は気付かない。そして厨に続く廊下を駆けていった。


笙鈴が厨に行って事情を話すと、料理人はすぐに同じ料理を用意してくれた。先程言っていた通り、こういった時のために余分の食事を作ってあるのだと笙鈴は納得する。

「今度は気を付けなね」

「せっかく作ってくれたのに、無駄にしてすみません……」

「こっちはいいんだけどさ。さっきの……峰花だけどね。なんだか最近調子が悪いのか、ずっと苛立っているようなんだよ。あまり下手なことはしないよう気を付けな」

「そうなんですか？」

「前はもっと穏やかな子だったんだけどね……なんでも身内に不幸があったらしくてね。ここでの勤めも長かったから、休暇も兼ねて二か月ほど故郷に帰っていたんだけど、喪が明けて戻ってきてから様子がおかしいのさ」

峰花がしばらく休んでいたと知らなかった笙鈴は、料理人の話に驚く。同時に、そういえばこれまで、峰花自身の話は何も聞いたことがないと気付く。たまに笙鈴から取り留めのない雑談を振ってみたことはあるが、いつも当たり障りのない受け答えではぐらかされるだけだった。

女官や下働きの中には、孤児や浮浪児という生い立ちからどうにか這い上がって後宮で働いている者もいれば、人買いに攫われて売られてきた者もいる。過去を詮索されるのを嫌い、峰花のような態度を取る者は決して珍しくない。

ただ皇女付きの女官に任命されている以上、峰花が過去にやましい事情を抱えているとは思えない。となると料理人が話していたように身内の不幸が原因で、他人と距離を置いているだけかもしれない。

笙鈴はそう考えながら、料理人に頭を下げる。

「峰花とは最近知り合ったので、身内が亡くなったことも故郷に戻っていたことも、何も知らなかったです。できれば本人から聞きたかったですが、知れてよかったです」

「そうだねえ……親しい身内が亡くなって、まだ心の整理がついていないのかもしれないね。それでちょっと余裕がないのかも。だけど、くれぐれも目をつけられないよう気を付けるんだよ」

「ありがとうございます。心配していただいて」

峰花が身内の死の悲しみから立ち直れば、もっと親密な関係になれるかもしれない。峰花の過去を聞いて以前より親しみが湧いたせいか、笙鈴はそう思った。

料理を受け取った笙鈴は廊下に出て、今度こそ慎重に部屋まで運んでいく。

さっき転んで料理をひっくり返した場所を通り過ぎたが、すでに峰花が掃除してくれた様子で綺麗に片付けられていた。

(思えばいつも峰花に助けられてばかりいる気がする……今回もお礼を言わないと……)

氷水付き女官になってからというもの、笙鈴は何か問題を起こしたり、失敗したりするたびに峰花に助けてもらっていた。

掃除に使った桶(おけ)の中の汚水を洗濯したばかりの衣類に溢(こぼ)したり、掃除でせっかく集めたごみをひっくり返してしまったりしたこともあった。だが峰花は必ずと言っていいほど、笙鈴の後片付けをして、一緒に謝りにも行ってくれた。

用事のために頼み事に行くと笙鈴だけでは渋い顔をする強面（こわもて）の衛兵たちであっても、彼女が一緒だと「峰花がそう言うなら」と許可を出してくれた。

氷水付きの女官として勤めが長く、仕事ができて器量もいい。更には非の打ちどころがない美人というのも加わり、峰花は他の者から一目置かれている様子だ。

（私も、何か一つでも秀でたところがあればよかったのに……）

はあ、と溜め息を吐きながら笙鈴は部屋に入る。中にはすでに食事の支度が整えられており、峰花をはじめとする女官数名が待機している。

その中の一人である毒見役の女官は、すでに料理の毒見を始めていた。

「早かったですね。もう少し時間が掛かると思っていたので、毒見を先に始めていますよ」

「すぐに用意をしてもらえたので……これもお願いします」

毒見役の女官は、峰花が運んだ膳に載っていた饅頭（マントウ）を食べていた。

笙鈴はその隣に運んできた膳を置き、邪魔をしないようにそっと卓から離れる。そして壁際で毒見の様子を眺めている峰花に小さな声で尋ねた。

「毒見って、いつもこんな感じなんですか？」

「そうです。氷水様の身に危険がないよう、時間を掛けて確かめます。毒の有無以外にも、火が通っているか、腐敗していないかも確認しなければなりません」

「へぇ～。ただ毒だけを確かめるんじゃないんですね」

笙鈴と峰花がそんな風に話している間も、毒見役はある料理を確認して「味がおかしい」と口にする。生野菜や蒸した芋（いも）に林檎（りんご）汁をかけた沙拉（シャーラー）は食材が傷んでいた様子だ。

毒見役が沙拉（シャーラー）を膳から別の盆に移す。盆は側に控えていた女官がすかさず回収し、そのまま部屋の外へ持ち去っていった。

笙鈴は興味津々に毒見の様子を眺める。

「下げた料理は厨の料理人に戻し、氷水様に出さないように伝えるのです」

笙鈴が熱心に見ていたためか、峰花がそう教えてくれた。

「食材が傷んでいることって、よくあることなんですか？」

「最近は気候が暖かくなってきましたからね。夏場はすぐに傷みます。特に風州の魚介はその日の朝に獲れたものを早馬で運んでもらいますが、少しでも状態の悪い魚であれば後宮に到着するまでに傷んでしまいます。もっともそれ以前に、後宮に着く頃には鮮度も味も現地より落ちてしまいますが……」

「え〜！　風州の魚って美味しいって評判じゃないですか⁉」

　さっき魚のお造りを見て涎を垂らしそうになっていた笙鈴は、衝撃を受けて思わず大きな声を出す。味が落ちても皇族に出すほどの食材なのだから、風州で食べたらどんなに美味しいのかと興味が湧いた。

「現地で食べた方が新鮮で瑞々しいですし、身もしっかりしていて美味しいです。市場に出せないような小さな魚介は捨てられるので、奪い合いになるんですよ。子供たちは捨て場を見張り、野良猫と争ってまで手に入れようとするんです」

「つまり、争奪戦になるくらい美味しいってことですか？　話を聞いていたら、風州の獲れ立ての魚介を食べたくなりました！」

　呑気な笙鈴の言葉に、峰花は冷笑を浮かべる。

「話を聞くだけだからそんな風に思えるのでしょうね。実際はもっと汚くて、醜くて……戦火で親を失った子供には、その日を生き延びられるかすらも分からない暮らしでした。今の皇帝陛下を含めた当時の皇子たちが皇帝の座を争い、その戦火が風州にまで及んだせいで……」

過去の光景が見えているかのように、峰花は語った。笙鈴は峰花の表情を見て言葉を失う。冷静だが感情を見せない峰花が初めて見せる、感情をむき出しにした顔だ。

今の話は峰花自身の過去なのかもしれない。だとしたら安易に触れるべきではないだろう。だがどうしても気になった笙鈴は、思い切って尋ねてみる。

「峰花は……風州に住んでいたことがあるんですか？　それに戦火って……風州では何が？」

花州から遠い田舎にある笙鈴の故郷は戦地になることを免れた。しかし皇位争いの戦が長く続き、巻き込まれた土地では未だに困窮している人も多いと聞いている。

「それは……」

峰花が口ごもったその時、何かが割れる大きな音がした。

笙鈴たちが振り返ると、割れた皿が床に散らばり、毒見役の女官が口から血を流して卓の上に突っ伏していた。

「何があったんですか!?」

慌てる笙鈴を手で制し、峰花がよく通る声で混乱する室内の女官たちに命じる。

「全員、その場を動いてはだめです！」

その言葉に、女官たちは一人残らず口を閉ざしてじっと動かなくなる。部屋が静まり返り、みんなが一斉に峰花に注目した。

峰花は倒れた毒見役の元に近づき、顔を覗き込む。そしてすぐに離れると首を横に振った。

「どうやら、料理に毒が仕込まれていたようですね」

一度は静かにしていた女官たちだが、峰花の言葉を聞いてまたざわめきが広がった。

「なんてことなの⁉　皇女様の食事に毒が入っていたなんて……」

「一体、誰が毒を……私たち以外に出入りした人はいないし、みんなが見ている前で毒見をしていたのに……」

「この料理を運んだのは誰なの？」

「そういえば、後から料理を持ってきた人がいたわ。この料理って、その人が持ってきたものじゃないかしら……」

部屋が水を打ったように静まり返り、誰もが笙鈴に目を向けた。

「ええっ⁉　私は何もしていませんよ！　料理だって渡されたまま運びましたし！」

「なんの騒ぎだ！」

その時、部屋の扉が開いた。やってきたのは一人の衛兵で、どうやら騒ぎを聞きつけた様子だ。衛兵は血を吐いて倒れている女官を見て事態を察したのか、峰花に尋ねる。

「何があった？」

「皇女様の食事に毒が盛られていたようです。それを毒見役が食べて事切れました」

「なんと……毒見役以外でこの料理に触れたのは誰だ⁉」

「料理人と、それからこの料理を運んだ……笙鈴です」

峰花にそう言われ、事実とはいえ笙鈴は慌てる。

「私は料理を運んだだけです！　何もしていません！」

「本当か？　では身体検査を受けてもらおうか」

笙鈴は仕方なく峰花たちの前で、衛兵による身体検査を受けた。これで潔白が証明されると思ってのことだったが、袂を調べた時に衛兵が大声を上げる。

「女官。これはなんだ？」

衛兵が手に持っていたのは、先程笙鈴が氷水の部屋で見つけた白い陶器の小瓶だった。

「中には何が入っている？」

「分かりません。さっき皇女様の部屋を掃除した時に見つけたんです」

「では皇女様のものを盗んだのか⁉」

「違います！　盗んだんじゃなくて皇女様にお尋ねして、ごみなら後で捨てるために拾ったんです」

衛兵と笙鈴が押し問答していると、間に峰花が割って入る。

「その瓶を見せてください」

衛兵から瓶を受け取った峰花は中身を確認し、顔をしかめる。臭いを嗅ぎ、次いで指先で触れると小瓶に蓋をしながら首を横に振った。

「これは皇女様のものではありません」

「中身はなんなのだ？」

衛兵に尋ねられた峰花は冷静に答える。

「断定はできませんが……おそらく毒かと。指で触れた時に刺すような痛みがありました」

「毒⁉」

衛兵が声を荒らげ、様子を見ていた女官たちが小さな悲鳴を上げた。

峰花は手巾で小瓶の中身を触った指を拭きながら、部屋にいる者たちに説明する。

「これまで幾度も暗殺されかけた皇女様に仕えていたからこそ分かります。これは植物の毒でしょう」

（えっ……？）

笙鈴は峰花の言葉に違和感を覚える。液状になっている瓶の中身が植物から作られた毒だとそう簡単に分かるものだろうか。だが笙鈴が何か言おうとする前に、女官たちが口々に騒ぎだす。

「やっぱり毒だったのね！」

「なぜそのようなものが、皇女様の部屋に……」

「そんなの決まっています！」

そう叫んだ女官の一人は、青ざめた顔で震えながら笙鈴を指さしていた。

「そこの女官が、皇女様の食事に毒を入れたんです。食事を落としたのも、毒を仕込むためにわざとやったんだわ！」

部屋にいる全員に疑いの目を向けられ、笙鈴は必死に否定する。

「違います！　私は落としてだめにしてしまった料理を改めて運んできただけです！　それに小瓶のことなんて忘れていました！」

「それも演技だわ……きっと外部から送り込まれた暗殺者よ……」

その場にいた女官たちの疑惑は大きくなっていき、誰もが笙鈴を犯人だと決めつけて発言をする。笙鈴は最初こそ何か言われるたびに「違います！」と繰り返していたが、いくら無実を訴えても、誰も信じてくれる様子はない。

峰花は心配と疑念の混ざったような複雑な表情を浮かべている。

「笙鈴、私も貴女がやったとは信じたくないの。でも毒見役が死んで貴女が毒を持っていた以上、疑わざるを得ないのよ」

「峰花……本当に私はやっていないんです！　小瓶の中身が何かだって知らなかったし……」

「中身が毒と知らなかったとしても、誰かに入れるように指示された可能性もある。とにかく来てもらおう」

そう言って衛兵が話に割り込み、笙鈴を睨(にら)みつける。

「どこに連れていくんですか？」

青ざめる笙鈴に、衛兵は見下したような顔で告げる。

「毒見役が口にした毒とお前が持っていた毒が同じか判明するまで、牢に繋いでおくんだ。まさか野放しにしておくわけにはいかないからな」

「私は何もしていません！　本当なんです……！」

そんな笙鈴の訴えも虚しく、衛兵は笙鈴の両手を拘束する。

笙鈴がそのまま部屋から連れ出されそうになった、その時――

「これはなんの騒ぎですか？」

部屋に現れたのは、憂炎だった。後に続くように、恭(キョウ)も入ってくる。

憂炎の姿に気付いた瞬間、その場にいた全員が膝をついて首を垂れ、礼の姿勢を取る。笙鈴も後ろ手に縛られたまま、衛兵によって膝をつかされた。

「これはこれは憂炎様。このようなところにいらっしゃるとは、どのようなご用で？」

薄い笑みを浮かべる衛兵に、憂炎は厳しい態度で問いただす。

「城内で事件が起きたと聞いて様子を見に来たのです。事態を説明しなさい」

「はっ！　騒ぎを聞きつけて駆けつけたところ、皇女様の夕餉に毒が仕込まれ、毒見役の女官が死んでいたのです。そこで疑わしき女官を調べておりました」

「その疑わしき女官というのが、貴方が捕らえているその者ですか？」

「遅れて食事を持ってきた上に、毒見役の女官が死んだ時に食していたのがこの者が運んだ料理でした。身体検査を行ったところ、毒らしきものが入った怪しい小瓶を持っていました」

「怪しげな小瓶ですか……見せていただけますか？」

「いや、しかし！　憂炎様に何かあっては……」

「ただ確認するだけです。そちらの女官が持っていたものがなんだったのか……それとも、私に見せられない理由がありますか？」

「それは……」

衛兵がちらりと視線を送ると、峰花は小さく頷いた。

それを合図にしたように衛兵は小瓶を渡す。受け取った憂炎は小瓶の中身を確認し、問いかけた。

「この中身が毒だと判断したのは誰ですか？」

「私です。憂炎様」

「貴女でしたか。峰花殿」

「ええ。笙鈴……そこの女官がこの瓶を皇女様の部屋で見つけたと言ったので、皇女様の部屋のものか確認する意味も含めて私が調べました。こんな粗末な作りの小瓶が皇女様の持ち物のはずがありません。中身の毒も幼い皇女様が手に入れるのは不可能です」

「そうですか……笙鈴殿、貴女はこれを皇女様の部屋で見つけたのですね？」

「はい。皇女様の部屋を掃除した時、鏡台の後ろに落ちていました。何か分からなかったので、とりあえず拾ったんです」

「皇女様のものではありえませんが、他の女官のものとも思えません。笙鈴も自分のものではないと主張していますが、なら一体誰が……」

考え込む峰花を見た憂炎は、部屋の状況を見まわしてから告げる。

「誰のものか分からないなら、今ここで犯人を見つける必要はないでしょう。この小瓶と食事に盛られた毒との因果関係も判明していないのですから」

「しかし、ここで犯人を捕らえなくては被害が大きくなってしまうかもしれません……！」

声を荒らげる女官を憂炎が制する。

「皇女様の警備を強化するように主上に進言しましょう。料理人が犯人という可能性もありますので、厨に行って同じ料理に毒が盛られていないか私と恭で調べます」

憂炎の指示に従って女官たちが動き始めると、衛兵が不満げな顔で口を出す。

「憂炎様、この者の処分は……」

「事の次第が判明するまで、部屋にいてもらいます。処分は追って沙汰されるでしょうから、ご安心ください」

憂炎が有無を言わさぬ様子で微笑むと、衛兵もそれ以上は何も言えなかった。

こうして笙鈴は衛兵によって、自室に連れていかれる。

部屋に着くと、衛兵が厳しい口調で言う。

「憂炎様から指示があるまでその場で待機しているように。勝手な行動は慎むことだ」

衛兵が部屋を出ていくと、部屋の扉が音を立てて閉められる。

待機と表現されてはいるが、実質は軟禁だった。

「本当に何も知らないのに……」

衛兵の足音が遠ざかると、大きな溜め息と共に笙鈴は呟いた。手持ち無沙汰になり、部屋の寝台に腰かけてじっと考える。

（毒見役が口にした毒は……一体どこで混入したの？）

まず可能性として考えられるのは、料理を作った料理人が毒を入れたということだ。料理をひっくり返した笙鈴に快く料理を渡してくれた料理人を疑いたくはない。だが一番料理に触れる機会が多く、細工をしても誰も分からないのは彼女だ。

もちろん、他の料理人が犯人である可能性も、料理人全員が共謀している可能性もまったくないわけではないが……

（料理人以外で他に毒を入れられそうなのは、毒見の時に同じ部屋にいた人だよね。でもあの時は私だけじゃなくて峰花もいた。不審な動きをした人がいたらすぐに分かったはず……）

峰花との会話に興じていた笙鈴は、毒見の様子をつぶさに見ていたわけではない。ただあの場で怪しい動きをした女官がいたら、笙鈴や峰花が気付かなかったとしても、他の女官にも気付かれないのは難しいはずだ。だが毒見の最中に毒見役に近づいた者は誰もいなかった。

むしろ、おかしな動きをした者といえば、料理をひっくり返した笙鈴くらいで――

「ど～しよう！　どう考えても、怪しいのは私しかいないじゃん！」

笙鈴はどさりと寝台に倒れ込み、天井を見つめる。

これ以上考えても、手がかりになりそうなことは思い当たりそうになかった。となると歯がゆいが、憂炎や恭を信じて待つしかないだろう。

そう考えると事件による疲れが出てきて、笙鈴の身体がどっと重くなった。

そしていつの間にか、目を閉じて眠っていたのだった。

◆

それからどれくらい経ったかは分からないが、何か音が聞こえてきて笙鈴は目を覚ます。

音の方に目を向けると、誰かが窓を叩いている様子だ。

「んっ……誰だろう？」

笙鈴は目を擦りながら窓を開ける。

するとそこには、申し訳なさそうな顔をした恭が立っていた。

「恭さん……」

笙鈴が呼びかけると、恭は静かにというように、口の前で人差し指を立てる。それから周囲を見渡して、誰もいないことを確認すると、恭はあらかじめ書いておいたと思しき紙を懐から取り出した。

『毒見役に毒を盛った者が判明しました。明日にはここを出られます』

笙鈴は驚いて声を上げそうになり、慌てて両手で自分の口を塞いだ。信じられずにその一文を何度も読み返すと、小声で恭に尋ねる。

「犯人は誰だったんですか？」

笙鈴に聞かれることを予測していたかのように、恭は筆と紙の束を出してさらさらと書いていく。

『毒見を行うための部屋の卓や調度をしつらえた女官です。毒見の場には立ち会っていません』

「その場にいないのにどうやって毒を入れたんですか？　料理ができた時に、隙を見て入れたとか？」

『憂炎殿が調べましたが、毒見役が食べた料理に毒は入っていませんでした。厨に残っていた料理にもです。ただし、笙鈴殿が持っていた瓶に入っていた毒の臭いと、毒見役の口から微かに漂っていた臭いは同じもののようでした』

それを読んで、笙鈴は混乱してしまう。

「どういうことですか？」

『笙鈴殿に料理を渡した後に、厨に残っていた料理を毒が入っていなかったものにすり替えた痕跡もありません。このことから憂炎殿は料理は毒と無関係で、他の方法で毒見役の口に入ったと考えました』

「他の方法……？」

『毒見役の死体を調べた医官から、毒の臭いは毒見役の口以外にも手や指や顔、胸元からもわずかに漂っていたと聞かされました。おそらく、毒見役はあるものに触ったことで毒が手につき、その手を使って食したことから死んだのではないかと推測されています』

「手を使って食べる料理……もしかして、饅頭（マントウ）ですか？」

笙鈴はそういえば毒見役が饅頭（マントウ）を食べていたと思い出した。

恭は頷いて、更に説明してくれた。詳しく調べたところ、毒見役が使っていた卓と、とりわけその場に落ちていた手巾からも毒の臭いが強くしたらしい。

つまり、毒の染みた手巾で手を拭き、素手で食事を取ったため、毒が体内に取り込まれたのだ。

『犯人の女官は、毒の染みた手巾を用意したのです。それに食事前にも、卓を拭くふりをしながら布巾で毒を塗っていました』

憂炎や恭たちが会場となった部屋の準備を行っていた女官たちに確認すると、その中の一人がなぜか念入りに卓を磨いていたのが目撃されていたという。

「それで顔や胸元からも毒の臭いがしたんですね……」

笙鈴は顔と胸元にまで毒がついた理由が不思議だったが、要は身体に毒が回って卓に倒れた際に、卓に触れていた顔と胸元にも毒が付着してしまったということのようだ。

恭によると卓を磨いていた女官は取り調べを受け、毒を仕込んだことを自白したそうだ。毒が入っていた瓶を、後ほど他のごみに混ぜて捨てるために氷水の部屋に隠したことも。

　そして、その瓶を偶然見つけてしまったのが笙鈴だったのだ。

『笙鈴殿が連れ出された後、その部屋は現状を維持するようにと憂炎殿が指示しました。元の部屋は憂炎殿が指揮する文官や医官たちが出入りし、見張りとして衛兵も立てていたようです』

「それで犯人は、証拠を全て処分することができなかったんですね……」

『我々が到着する前に、峰花殿が女官たちに動かないように声を掛けてくれたのも功を奏しました。もしも部屋を片付けられていたら、証拠を隠滅されただけではなく、何も知らずに卓に触れた女官たちまで死んでいたかもしれません』

　書きつけを読み終えて、笙鈴は改めて峰花の行動に感心する。笙鈴を含めた女官全員がうろたえる中、峰花だけは唯一冷静に対処していた。女官としての経験が長い分、こういった状況に慣れているのかもしれない。

　一応疑問は解決したものの、笙鈴には一つだけ不可解なことがあった。

（でもこのやり方ってつまり、氷水様じゃなく毒見役の女官を殺そうとしたってことだよね……？　一体なんでそんなことを？）

頭を捻るが、理由は何も思い当たらなかった。笙鈴は変に思いながらも、ひとまず恭に聞いて解消できそうなことを尋ねる。

「そういえば、恭さんが間一髪のところで部屋に来てくれて助かりました。それに憂炎様も。あれは誰かの指示だったのですか？」

もう少し恭たちが来るのが遅ければ、笙鈴は牢に繋がれるところだった。そこで無実が判明すればいいが、もしできなければ仕事を失って家族に迷惑をかけるだけでは済まなかっただろう。

間違いなく罪人として扱われ――処刑されるところだった。

笙鈴は二人がたまたま近くにいて騒ぎを聞きつけたか、あるいは女官や衛兵たちから話を聞いてやってきたのだろうと考えていた。

しかし恭は目を泳がせた後、笙鈴の予想もしなかったことを記す。

『主上です』

「しゅ……⁉」

まさか皇帝陛下がただの女官である笙鈴の様子を見に行くように言ったとは考えられず、笙鈴は固まってしまった。

だが恭は、至極真面目な顔で頷く。

『主上が笙鈴殿の様子を見に行くよう、自分に指示なさいました。そうやって来る途中で、憂炎殿とも行き会いました』

「どうして皇帝陛下が……あっ！　もしかして私が氷水様の首飾り探しに関係しているからですか⁉」

恭や憂炎と話している時、飛竜が笙鈴の存在を知っているかのような言い方をしていたのを思い出す。

笙鈴は恭に詳しい事情を尋ねたかった。しかし恭は目線を下げ、困った顔をするばかりだ。

「……もしかして、理由は話せないってことですか？」

恭は肯定するように大きく頷いた。恭も憂炎と同じように、飛竜が笙鈴を気にかける理由を知ってはいるものの、口止めをされているのかもしれない。それなら無理に聞き出すこともできないと思い、笙鈴は諦めるしかなかった。

「話せないのなら無理に理由は聞きません。それよりも無実が証明されてよかったです」

『笙鈴殿は関係ないと分かったので、明日には自由になります。皇女様も会いたがっていらっしゃいました』

「そうなんですか！　明日になったら、早速氷水様の元に向かいますね！」

『主上から、この件についてはくれぐれも皇女様には話さないように、と言づかっております。あまり悲しい思いをさせたくないとのことでした』

「自分が食べるはずだった料理を毒見した人が死んだと知ったら心苦しいですもんね……分かりました。氷水様には何も言いません」

恭が感謝を示して深々と頭を下げたので、笙鈴はまた慌てることとなった。

恭が去っていった後、笙鈴は窓辺に寄りかかって肩の力を抜き、大きく安堵の息を吐く。

「よかった〜。犯人が見つかって」

毒の入った小瓶を持っていたのだから処刑されてもおかしくなかったし、無実だと分かってもらえたとしても何日も部屋に閉じ込められるものと思っていた。

（……でも、こんなにあっさり犯人って見つかるものなの？　どんなに短くても数日は掛かると思っていたんだけど……)

あれだけ状況証拠が揃っていたので、笙鈴が無実だと証明するのは相当難しいだろうと予測していた。それなのに事件が起こったその日のうちに真犯人が見つかり、無実が判明した。

疑惑が晴れて嬉しいはずなのに、どこか素直に喜べない。

(なんだろう。このモヤモヤしてすっきりしない感じ……)

早く竜に会って話して、この不安を打ち明けたいと笙鈴は思う。

しかし翌日部屋から出ても、次の日も、その次の日も竜に会うことはできなかった。

そうして時間だけが過ぎていき、笙鈴は女官としての仕事と氷水の首飾りを探す日々を続けたのだった。

第七章　首飾りを探して

毒見役が殺された事件から三日が経っても、笙鈴（ショウリン）は未だに竜（ロン）に会えていなかった。

（竜さんに助言をもらいたいのに、ここ最近いないんだよねー）

氷水（ビンスイ）付きの女官になってからも、笙鈴はいつものように竜の元に通っている。だがこの三日間はいつ行っても、竜どころか憂炎（ユーエン）や恭（キョウ）にも会うことができなかった。

氷水用の食事も用意されていなかったので、氷水にも料理を届けられていない。だがここ最近氷水は顔色がよく、しっかり食事を取っている様子だ。彼女に辛く当たっていた女官たちが辞めたことで、食事に細工をされなくなったのがよかったのだろう。

氷水が元気になったのは素直に嬉しい。だが笙鈴は相変わらず首飾りのことが気がかりだった。

（あと探せる場所といえば、女官用の部屋の辺りくらいか……）

笙鈴は氷水付きの女官に任命されたその日のうちに、氷水の宮に部屋をもらっていた。下級女官の部屋に比べて氷水付き女官の部屋は広く、壁や床も綺麗で清潔感があり、寝台は寝心地がよかった。それになんといっても相部屋ではない。食事も下級女官より豪華で、首飾り探しという状況になければ手放しで喜べただろう。

今日も笙鈴は仕事の合間を縫って、首飾りを探しに庭に出ていた。

氷水が別室で教師から勉学を教わっているこの時間、笙鈴や峰花(フォンファ)はそれぞれ掃除や服の整理などの仕事をこなしている。最初は笙鈴の指導をしていた峰花にも自分の仕事があるので、この時間は一人きりになることができた。

それを利用して、笙鈴は下級女官の部屋の近くを訪れていた。ここの庭は氷水の宮に面した庭と比較して薄暗く、どこから飛んでくるのか桜の花びらが無数に落ちたままになっている。

植え込みや木の根本や樹洞の中を探しながら、笙鈴は考える。

(本当は前に一度、ここは探したんだよね。植え込みや建物の陰にはなかったから、今度は別の場所を……そういえば前にここに来た時は、竜さんに鳥の巣の中を探せって言われる前だったよね。この場所もそこを探してみようかな)

竜に助言をもらった後、笙鈴は一度探した場所に再度訪れて木の上や空っぽの鳥の巣の中も探すようにしていた。最初は竜が適当なことを言っているとかしか思わなかったが、実際探してみると鳥の巣の中には布切れや貴金属が鳥によって持ち込まれていることが多かった。

笙鈴は手にしていた箒を逆さまに持つ。穂先を上にすると近くの木の葉の中に突き刺し、枝を叩く。しかし今回は特に手応えが感じられない。

ここにはないのかと考え、笙鈴が場所を移動しようとした時、ふと以前自分の部屋だったところの窓の上にある、小ぶりな鳥の巣に目が留まる。

（あんなところに巣が……）

下級女官時代に笙鈴が住んでいたその部屋は、他の女官数人との相部屋だった。だが同僚たちは日を追うごとに一人消え、二人消え、最後には笙鈴だけが残った。詳しい事情は分からないが、先輩女官の嫌がらせに耐えられなくなったり、皇帝の怒りに触れたりしたというのがもっぱらの噂だった。

氷水付きの女官として別の部屋を与えられた笙鈴は、今はここには暮らしていない。皇帝が次々人を追い出すせいか、笙鈴が退去した後も長らく空室だった様子だ。それなりに人の行き来がある建物のうち、誰も使っていない静かな部屋。その側は、鳥たちにとって絶好の巣作りの場所だったのかもしれない。

（まさかね……）

笙鈴でさえ今気付いた巣の中に、首飾りが隠されているわけがない。そう思いつつも、箒で巣の中を探ってみる。すると、穂先に触るものがあった。他の巣と同じように孵化した後の鳥の卵の殻かごみだろうと思いつつも、強めに突くと何かが落下してきた。

落ちてきたものを見て、笙鈴は驚きのあまり大きく目を見開く。

「そんな、これって……!?」

そっと拾い上げると、まじまじと見つめる。笙鈴の掌にあったのは、澄んだ瑠璃色の大きな石を黒い紐で繋げた首飾りだった。石は輝く金の土台に嵌っており、土台の裏面にはぐにゃぐにゃした線で文字のようなものが書かれている。

氷水から聞いていた特徴と完全に一致しているのを見て、笙鈴は思わず声を上げる。

「皇后様の首飾りだ！」

思いのほか大きな声が出てしまい、慌てて笙鈴は周囲を見まわして、誰も聞いていないことを確かめる。それから改めて、首飾りをじっくり見つめる。

（早く氷水様に届けなきゃ！）

待たせてしまったので気持ちが逸るが、氷水は今は勉強の時間だ。邪魔するわけにはいかない。

その時、誰かの足音が聞こえてきたので、笙鈴は慌てて首飾りを懐に隠す。

「笙鈴、ここで何をしているのですか？」

やってきたのは峰花だった。笙鈴は箒を持つと、「いいえ。なんでもないです」と掃除をしているふりをする。

「そう？　ここの掃除を頼んだつもりはないのだけど……」

「え、えーっと。下級女官だった時にいつも部屋の窓から庭を見ていて、桜の花びらがたくさん落ちているのが気になって……手が空いたから少し掃除しようかなって……」

少々苦しい言い訳だったが、峰花は「そう」と短く返しただけだった。

「やるのは構いません。ですが、せめて仕事の時間以外にしてください。今は人手が足りない状態なんですから」

「はい。すみません……」

「ここはいいから、貴女は他の女官たちと一緒に皇女様の着替えを用意してください。この後、舞のお稽古があるので」

目ざとい峰花に小言を言われた笙鈴は、仕方なく氷水の宮に戻ったのだった。

しばらく時間が経ち、氷水の宮で舞の衣装を用意しながら笙鈴はふと思いついた。

（そうだ！　先に竜さんのところに行って、首飾りが見つかったことを報告しよう！）

峰花から聞いたが、舞のお稽古は夜近くまで掛かるらしい。その後で氷水の沐浴があるが、それは別の女官の仕事だ。笙鈴は自分の仕事を急いで終わらせれば、竜に会う時間を作ることができる。

（ここ最近は会えなかったけど、今日はいてくれるといいな！）

笙鈴は着替えの用意を済ませ、峰花に指示された他の雑用も手早く終わらせる。

ようやく竜の元へ出発できたのは夕日で空が橙色に染まり始めた頃だったが、首飾りが見つかったこともあり、笙鈴の足取りはいつも以上に軽かった。

「竜さーん！」

竜が調理をしているいつもの建物に着くなり、笙鈴は興奮気味に声を上げながら中に入る。

「どうした、鼠娘。いつもより来るのが早いな。まだ何も作っていないんだが……」

笙鈴の声が聞こえた様子で、奥から竜が出てきた。久しぶりに会ったというのに感慨深そうな様子など一切ないが、それよりも早く成果を報告したいので気にならない。

「食べ物がないと来ないみたいに言わないでくださいよ！　それよりも聞いてください。ついに見つかったんです！」

「見つかったって？」

「氷水様が探していた首飾りです！　皇后様の！」

笙鈴は懐から取り出した首飾りを竜に渡す。

竜はその裏面を見て、一瞬だけ表情を動かした。だがすぐに元の顔に戻り、首飾りを笙鈴に返す。

「……鼠娘、これをどこで見つけた？」

「驚かないでくださいよ！　なんと、竜さんの言った通り鳥の巣の中にあったんです！　それも下級女官だった時の私の部屋の窓の上に作られていた鳥の巣ですよ！」

笙鈴は得意げに続ける。

「まさか本当に鳥の巣の中にあるなんて……そもそも、あんなところに鳥の巣があるなんて知りませんでした！」

だが竜は「そうか」とだけ言い、あまり嬉しくなさそうだった。

それに気付いて首を傾げる笙鈴を、竜は感情を見せないままで促す。

「いいから早く氷水様に届けてやれ。ずっと気を揉んでいたんだろう」

「そうですね！　竜さんにはお世話になったので真っ先に報告したかったんですけど、氷水様もそろそろ舞の稽古を終えられる頃だと思うので渡してきます！」

「ああ。氷水様によろしくな」

「はい！　また来ますね！」

竜に手を振ると、笙鈴は外に出て氷水の元へ向かう。早く氷水を安心させたくて、自然と駆け足になっていた。

（きっと大喜びしてくれるよね！）

いつも笙鈴が会いに行くたびに首飾りのことを聞いていたくらいだ。首飾りが見つかったと知れば、きっと氷水は花が咲いたような笑みを浮かべてくれることだろう。

笙鈴はそう思い、頬を緩める。

氷水の部屋の前に着き、笙鈴は扉の外から声を掛ける。

「皇女様、笙鈴です。お話ししたいことがあります」

中から氷水の許しを得ると、笙鈴は扉を開ける。幸いにも他の女官の姿はなく、室内には舞の稽古を終えて着替えたばかりの氷水だけがいた。

「笙鈴、どうしたの、お話って？」

「氷水様、見つけました！」

「……っ！　お母様の首飾り、見つかったの⁉」

駆け寄ってきた氷水に対し、笙鈴は目線の高さが合うように床に膝をつく。

「はい！　ようやく見つかったんです！」

笙鈴が取り出した首飾りを氷水の眼前に掲げると、彼女から感嘆の声が上がる。

「これ、これなの！　ありがとう笙鈴！　お母様の首飾りを見つけてくれて！」

「いいえ！　これくらい大したことでは……！」

照れながら笙鈴が頭を掻いていると、笙鈴が持つ首飾りを眺めていた氷水がふいに

「あれっ？」と声を上げる。

　氷水は首飾りの裏面に書かれた文字をじっと見つめた。

「これ、文字がへん……？」

「えっ……？」

　どういうことか笙鈴が詳しく尋ねようとしたその時――部屋の扉が乱暴に開けられ、

「失礼します！」と言いながら衛兵たちが入ってきた。

「高（コウ）笙鈴とは、そなたのことか？」

「は、はい……」

　突然やってきた物々しい大人たちに怯（おび）える氷水を背中に庇いながら、笙鈴は衛兵たちの中でも年嵩（としかさ）の男と向かい合ってなんとか答える。

「そなたには皇女殿下の所持品を盗難した嫌疑がかかっている」

「そんな！　私は盗みなんて……！」

「じゃあ、その手にあるものはなんだ⁉」

　年嵩の男は、笙鈴が手にしている首飾りを指す。

「そなたが皇女殿下の所有する亡き皇后陛下の形見の品を盗んだと報告を受けている。

取り調べのため、一緒に来てもらおう」

「ま、待ってください！　何か誤解しています。私は首飾りなんて盗んでいません！　見つけたのを届けに来ただけで……」

「皇女殿下の所持品が盗まれた話は、皇帝陛下を含め一部の側近しか知らぬ。その盗まれた品が亡き皇后陛下の首飾りということも……なぜそなたがそれを知っている！」

「それは……」

「わたしが教えたの！」

笙鈴の襦裙を握り締めながら、今にも泣きだしそうな様子で氷水が声を上げる。

「わたしが笙鈴におねがいしたの！　お母様の首飾りを探してって。だから笙鈴はさがしてくれただけなの！　わるくないの！」

「お優しいですな、皇女殿下は。しかしこのような盗っ人をお庇いになる必要はないですぞ」

「ち、ちが……」

年嵩の男の氷水への声音は優しい。だが氷水の言い分に耳を傾ける様子は一切ない。

氷水が委縮して口をつぐんだとたん、年嵩の男は衛兵の顔に戻って会話を打ち切る。

そして笙鈴を捕らえるように部下の衛兵たちに指示を出した。

「高笙鈴を牢に連れていけ」

「痛っ……」

「しょうりんっ！」

笙鈴は年嵩の男に首飾りを奪われ、衛兵によって乱暴に取り押さえられる。髪と襦裙を引っ張られて痛みから声を漏らすと、氷水がとうとう泣きだしてしまった。

「やめて！　笙鈴にひどいことしないで！　笙鈴は何もわるくないの、わるくないの……」

「氷水様、私は大丈夫です……」

「ひっく……しょうりん……」

氷水を安心させたくて言ったつもりがますます泣かせてしまい、笙鈴は心が痛む。

年嵩の男は扉の方を振り返ると、そこにいた峰花に泣き続ける氷水を預けた。いつの間にか部屋の入り口には、興味本位で覗きに来た女官たちがたくさんいたのだった。

「他にも共犯者がいるかもしれん。皇女殿下付きの女官たちを全員調べろ。部屋も含めて全てだ！」

笙鈴が連行されていく最中も、年嵩の男は衛兵たちに指示を出す。だが放心状態になった笙鈴には、年嵩の男の声も氷水が泣き叫んでいる声も、女官が噂する声も、ほとんど耳に入らなかった。

（どうして？　一体誰が衛兵に報告したの……？）

首飾りを盗んだ犯人が悔し紛れに衛兵を呼んだのだろうか。しかし首飾りが見つかったことは、氷水以外だと竜にしか話していない。

（……まさか、竜さんが？）

信じたくはないが、それ以外に考えられない。

（そんな、どうして……どうして竜さんが……）

いつもぶっきらぼうで、笙鈴のことを「鼠娘」と呼んでいながらも、笙鈴を心配して世話を焼いてくれた。首飾り探しにも協力的だったのに――

「ほら、さっさと歩け」

衛兵に乱暴に腕を引っ張られて、笙鈴はそれ以上は何も考えられなくなってしまった。

第八章　犯人の狙いは

音を遮断する牢の鉄の壁は無慈悲で、外の様子は何も分からない。

笙鈴（ショウリン）が目を凝（こ）らすと壁の高い位置に明かり取りの窓があり、そこから差し込む光だけが牢を照らしている。それでも夜である今は、鉄格子以外はほとんど何も見えない。

「はぁ……」

牢に連行されてからどれくらい時間が経ったのか……冷たく暗い無機質な鉄牢の中で、笙鈴は膝を抱えていた。

（思い返せば、首飾りのことを指示してきたのは全部竜（ロン）さんだった。探し場所も、方法も、何もかも……）

衛兵によって牢に入れられた時は衝撃のあまり呆然とするばかりだった。だが少し時間が経って落ち着き、笙鈴は今までに起きた出来事について振り返ることができるようになってきた。

首飾り探しについて竜に相談した時、竜は氷水付きの女官たちの中に犯人がいると推測し、彼女たちが出入りできる場所を探すよう助言してきた。

女官たちが出入りしても怪しまれない場所というのは、同じく女官である笙鈴が出入りしても怪しまれない場所でもある。首飾りが見つかった鳥の巣も、笙鈴の部屋の目の前にあった。これでは笙鈴が犯人だと疑われてもおかしくない。

(犯人探しをせず、見つかった首飾りをこっそり氷水様に返すように言ったのも竜さんだった)

竜は真犯人によって犯人に仕立て上げられるのを防ぐためだと話していた。だが、実際は違うのではないかと笙鈴は疑ってしまう。

全ては竜が笙鈴を犯人に仕立て上げるために仕組んだのではないだろうか――

(でも、だとしたら一体なんのためにそんなことを……?)

事情は判然としないが、そう考えると一生懸命探したり、見つけて喜んだりしていた自分が悔しくて涙がにじんでくる。手の甲で涙を乱暴に拭うと、笙鈴は大きく息を吸って叫ぶ。

「もう、竜さんの馬鹿ー！」

その時、誰かの足音と共に灯りが近づいてきたかと思うと、笙鈴が入っている牢の前で立ち止まる。

「牢に入れられた割には随分と元気だな」

「ロ、竜さん……」

鉄の格子を挟んで笙鈴をじっと見つめる竜は、燭台と布包みを持っていた。

「で、誰が馬鹿だって？」

「竜さんが密告したんですよね！　私に首飾りを見つけさせて、衛兵を使って私を捕らえて……」

「そんな手間をかけて、俺は何を得られるんだ？」

「それは……もっとお金をもらえるとか、いい職に就けるとか……」

「そんなものに興味はない。せっかく来てやったのに、そんな口さがない奴にこれはいらないな」

竜は冷たい床に膝をつくと、持っていた布包みを広げる。中からは前に氷水に持っていったのと同じ食籠が出てきた。

竜が食籠の蓋を開けると、牢の中に食欲をそそる匂いが満ちる。いつもの古びた建物で竜が作った料理を食べていた時を思い出してしまい、笙鈴はなんとも言えない気持ちになる。

「腹が減っていると思って作ってきたんだぞ。どうせ何も食べていないんだろう」

「竜さんが作った料理なんて……毒でも盛られているかもしれないじゃないですかっ」

笙鈴は牢に捕らえられてから、何も口にしていなかった。だが自分を騙(だま)していたかもしれない竜を信じられず、思わずそう叫んでしまう。

すると竜は食籠の中から包子(パオズ)を指でつまみ、そのまま口に運んで食べ始める。

「これでいいだろう。毒なんて入れてない」

これまで竜が自分の料理を食べるところを見たことがなかったので、笙鈴は呆気に取られてしまった。

それで気が緩んだのか、情けないことに腹の音が牢の中に響き渡った。少し間を置いて、竜が吹き出す。

「こんな状況でも腹を空かせるんだな。鼠娘は」

「…………そうですよ。だから、食べます」

鉄格子の下の方に食事を差し入れる小さな扉がついていた。竜は扉を開けると、そこから食籠を差し入れる。

笙鈴は鉄格子に近づき、まだわずかに温かい食籠を受け取った。

「急いで作ったからな。これくらいしか用意できなかった」

竜はそうは言ったが食籠の中には包子（パオズ）をはじめ、小籠包（ショーロンポー）、焼売（シューマイ）、春巻きなど、そのまま手で食べられるものがたくさん並んでいた。

試しに笙鈴は、小籠包（ショーロンポー）を口に入れる。もちもちした皮とほのかに熱い具、具材に混ぜられたわずかな生姜の辛さが染み渡り、冷たい牢の中ですっかり冷えてしまった身体がほんのり温まった。

「美味しいです……」

温かいものを食べて張りつめていた気持ちが解け、再び笙鈴の目から涙が零れそうになる。慌てて袖で目を擦ると、今度は饅頭（マントウ）にかぶりつく。

そんな笙鈴の様子に気付いているのか気付いていないのか、竜は目を逸らしながら口を開く。

「当然だろう。俺が作った料理だからな」

普段の自信に溢れた声とは違い、今にも消え入りそうな低い声ではあったが、いつもの竜の口調だった。

こうして笙鈴が夢中になって食事をしていると、鉄格子の前で胡座(あぐら)をかいた竜が話しだす。

「後宮内は鼠娘の共犯者探しで、あれからずっと大騒ぎだ。おかげで氷水様も泣きやまないそうだぞ」

「そうですか……」

笙鈴は衛兵に連行された時に見た氷水の様子を思い浮かべる。峰花(フォンファ)がついているから大丈夫だろうと思っていたが、笙鈴が衛兵に捕らえられる光景は刺激が強かったのかもしれない。

「氷水様には悪いことをしちゃいましたね……」

「そりゃあそうだろう。なんたって、初めてできた友人が目の前で捕まったんだ。氷水様じゃなくても泣くだろうさ」

「初めての友人⁉　私が⁉」

笙鈴は素っ頓狂な声を上げて驚くが、竜は呆れたように溜め息を吐いただけだった。

「最近までずっと宮に閉じこもって、宴や宮中行事があっても外に出なかったんだ。親しい友人なんているわけがない」

「でも、私は今でこそ氷水様付きの女官ですが、元々は下級女官だし……」

「友愛の前に身分なんて関係ない」

はっきりと断じた竜の言葉に笙鈴は顔を上げる。まっすぐにこちらを見つめてくる竜の姿に、笙鈴は言い知れぬ威厳を感じた。

「身分が違うから親しくしてはならない、身分が同じだから仲よくしなければならないわけじゃない。身分はあくまで国を成り立たせるための役割なだけだ。人が――ましてや子供がそんな偏狭な考えを持つべきじゃない」

これまで見たことがない堂々とした竜の態度に、笙鈴は姿勢を正して背筋を伸ばしてしまう。ここが罪人を閉じ込める牢で、鉄格子を挟んで向かい合っているのを忘れてしまうくらい、厳か（おごそ）かで神聖な空気が場を満たしていた。

「特に氷水様はまだ幼い。身分を問わずもっと多くの人と触れ合って、人として大切なものを養うべきなんだ」

「竜さん……」

「子供の頃に培ったものは、大人になっても色褪せない。どんな宝石や金銀よりも貴重な宝となる。皇族としての品位や知性は必要だが、仙皇国の民の上に立つ者として、何よりも他者の気持ちが理解できる人間として育ってほしい。それが皇后の願いだった……生まれてくる子供に願った唯一のことだった」

氷水が生まれる前――まだ皇后のお腹にいた時に、生まれてくる我が子のために皇后はそんな願い事をしたのだろうか。身分という枠に囚われ、偏見を持つような子になってほしくないと。

ただ、どうして一介の料理人であるはずの竜がそれを知っているのだろう。

「竜さんは一体……」

何者なんですか、という言葉を、笙鈴は鉄格子についている小さな扉から竜が手を出してきたことで呑み込んでしまう。

「なんですかこの手？　握手？」

「馬鹿か。空になった食籠をこっちに寄こすんだ」

空になった食籠を笙鈴が渡すと、竜は手早く布で包んだ。それから周囲を見渡すと鉄格子に近づいて声を落とす。

「鼠娘。おそらく、真の犯人はお前の口封じをしにやってくるだろう」

「どうして……」

「お前が罪の意識から自害を選んだと周囲に思わせるためだ。お前が死んでしまえば、それで今回の騒動は終わるからな。そうすれば、自分の罪の真相が明かされることもない」

布包みと燭台を持つと、竜は立ち上がった。

「この牢がある建物の入り口は皇帝が信頼する衛兵が守っている。中に入るにも皇族の許可がいるが、犯人はどうにかしてお前に接触しようとしてくるはずだ。お前を自害に見せかけて殺すためにな……医官さえ抱き込んでしまえば、死因はどうとでも偽装できるからな」

「じゃあ、どうすればいいんですか。こんなところにいたら逃げられないですよ」

「落ち着け。そのために俺が来たんだ。いいか。これから俺以外の奴がここに来たら、とにかく怪しめ。知り合いでも誰でもな。もし何かを差し入れされても不用意に触ったり、口に入れたりするな。毒が仕込まれているかもしれない」

「毒……」

「歴史を紐解けば、食い物に限らず、布地に潜ませた毒針で皇族の命を奪った例もあるからな。用心に越したことはない」

「はぁ……」

そう言い残して去っていった竜を見送ると、笙鈴はぽつりと呟く。

「竜さんって、一体何者なんだろう……ますます謎が深まったかも」

美味しい料理を作ってくれるだけではなく、皇族や後宮の事情にも詳しい。さっきの話からすると生前の皇后とも氷水が生まれる前から知己（ちき）の関係のようだ。もしかしたら峰花よりも長く後宮に出入りしているのかもしれない。

「氷水様が生まれる前から働いているってことは、皇帝陛下からの信頼も厚いってことだよね。皇族が許可がないと入れないっていうこの牢にも入ってきたし。つまり、ただの料理人じゃないとか……？」

もし笙鈴の予測が本当なら、疑り深いと噂の皇帝陛下から追い出されずに、未だに城に留め置かれているということだ。なら憂炎（ユーエン）や恭（キョウ）と同じくらい、飛竜（フェイロン）の側近として信頼されているのだろう。

竜が氷水のことを心配していたのも、きっと身近で飛竜を見ていたからに違いない。

「鬼の目にも涙って言うもんね。無慈悲と噂されている皇帝陛下が娘の氷水様を心配している姿を見て、竜さんも気になったんだよねー。きっと」

そんなことを考えていると、しばらくしてまた誰かが笙鈴が入れられている牢に近づいてきた。

「笙鈴、大変なことをしてくれましたね」

「峰花……」

器の載った盆と燭台を持った峰花は、呆れた顔のまま大きな溜め息を吐いた。

「あれから後宮内は大変な騒ぎです。女官たちは次々と牢に捕らえられて、皇女様はさっきまで部屋に籠ってずっと泣いていて……ようやく泣きやんだと思ったら、明日の朝一番に貴女の助命嘆願をしに皇帝陛下の元に向かうと言っていました」

「女官たちが捕らえられたんですか⁉」

その話は竜から聞かされていなかったので、笙鈴は素っ頓狂な声を上げてしまう。

峰花は「そうよ」と頷きながら床に膝をつくと、牢の小さな扉を開ける。そして持っていた盆を中に差し入れてきた。

「女官たちの部屋から盗品が出てきたそうです。皇女様の持ち物から後宮の備品まで。

みんな怪しまれてしまい、捕らえられた者はここことは違う牢に入れられています」

「そ、そうだったんですか……」

「ここに入るのも大変でした。笙鈴に食事を運びながら様子を見てくることを条件に、皇女様からどうにか許可をいただいたんです」

どうやら自分がいない間に、後宮内は大変なことになっているようだ。

窃盗をした女官たちも確かにいるのかもしれないが、取り調べを受けるだけではなく、怪しいという理由だけで牢に入れられるなんて……まさかそんな騒ぎになっているとは考えもしない。そもそも嫌がらせをしていた女官たちを解雇したばかりだというのに、また氷水付きの女官が問題を起こすような事態がすぐに起こるなんて思わなかった。

「ところで峰花、これは……」

「夕餉です。まだ食べていないと思ったので。味はよくないかもしれませんが、ここは冷えます。風邪を引かないように薬膳粥を用意させせました」

「ありがとうございます。でも、さっき……」

食べたと伝えて盆を峰花に返そうとした笙鈴だったが、あることに気が付いてはっとした。

「どうかしましたか？」

「いえ……」

「じゃあ、私はもう戻ります。女官たちが捕らえられたせいで手が足りなくて……」

立ち上がった峰花に目を向けながら、笙鈴は口を開く。

「あの、峰花は料理人の竜さんって知っていますか？」

「竜？　聞いたことがありません」

忙しいというのは本当らしく、峰花はすぐに牢から離れると足早に去っていった。

峰花の足音が聞こえなくなると、笙鈴は残された盆をじっと見つめる。

（これって、もしかして竜さんが話していた……）

疑いたくはないが、そう考えざるを得なかった。峰花が持ってきた盆に載せられた器の中には、薬草のような草が入った白い粥があった。だが、匂いや色にどこか違和感を覚える。

これを食べてはいけない――そう、笙鈴の直感が告げていた。

（手をつけずにおいて、明日、竜さんが来たら見てもらおうかな……）

その前に峰花が取りに来なければいいが。

壁の高い位置にある明かり取りの窓から差し込む月明かりを頼りに、笙鈴は牢の中を見まわす。ようやく目が暗闇に慣れてきて、今は牢の隅々まで見えた。

牢の中は寝台などの備えつけの家具は何もない。その代わり、壁際には古びた空の桶と古くなって擦り切れた毛布が一枚があった。桶が置いてあるのは、厠の代わりなのだろう。

しかし粥を隠そうにも、牢を訪れた人間に見つからないような隠し場所はどこにもなかった。

(とりあえず、この粥はこのまま置いておこう。もしも峰花が犯人と通じていたら、器ごとなくなると怪しまれちゃう)

あとは峰花が器を取りに来るより先に竜が来てくれることを祈るしかない。

何もない牢の中でこれ以上やることもないので、笙鈴は毛布を広げるとそれに包まって眠ることにする。

毛布ごしでも鉄牢の床は冷たく、まだ肌寒い春宵には毛布一枚では厳しかった。

それでも今後のことを考えると、少しでも体力を維持するために今は寝なければならない。

（明日どうやって無実を証明するか、それも竜さんと相談しないと）

氷水が明日飛竜に笙鈴の助命を嘆願するのが本当なら、真相を確かめに来た衛兵か官吏に濡れ衣であることを説明する機会が与えられるかもしれない。

そんなことを考えているうちに、いつの間にか笙鈴は眠りに落ちていったのだった。

◆

「おいっ！　起きろ、鼠娘！」

「う、うーん。もう食べられない……」

「寝ぼけているのか！　いいから起きろ！　緊張感のない奴め……」

誰かに声を掛けられて、笙鈴の意識がだんだん覚醒してくる。

目を開けると変わらず牢の中だったが、桶を抱えた竜が鉄格子ごしに眉間に皺を寄せて笙鈴を見下ろしていた。

「竜さん！」

毛布をはねのけながら笙鈴が声を上げると、竜がすかさず「静かに」と周囲を警戒する。

「まだ夜が明けたばかりで誰も起きだしていないんだ。ここに来たことも誰にも話していない。鼠娘に渡したいものがあってな」

「渡したいものですか？」

「ああ。夜も明ける前から池に入って捕まえてきた。まったく……苦労したぞ」

竜は牢の小さな扉を開け、桶を牢の中に入れてくる。桶の中を覗き込むと、一匹の魚が泳いでいた。

「魚？」

「食べ物が差し入れられたら、こいつに食わせろ。万が一、毒入りなら死ぬ。食い物でなく布でも、桶に放り込めば何かしらの反応があるだろう」

「あっ、それならちょうどいいものがあります。竜さんが帰った後に、夕餉を差し入れてもらったんです」

笙鈴は昨晩峰花が差し入れてきた夕餉の盆を鉄格子に近づける。それを覗いた竜は口角を緩めると、「でかしたぞ」と褒めてくれた。

「昨日ああは言ったが、鼠娘のことだからきっと食べるんじゃないかと思っていた」

「酷いです！　ちゃんと竜さんの言いつけを守ったのに！」

口を尖らせると、竜は「悪かった」と大して悪びれずに謝る。

「誰か来る前にその魚に食わせてしまえ。何もなければ魚は元気に泳ぎ続けるだろう」

竜に言われて、笙鈴は峰花から差し入れられた夕餉を魚に食べさせる。盆に載っていた匙を使って粥を少しずつ桶に入れていくと、何匙か入れたところで魚の動きが止まった。しばらくすると腹を上に向け、桶の中で浮かんでしまう。

「これって……」

「やっぱり、毒入りだったな」

血の気が引いて真っ青になった笙鈴に対して、竜は大して驚きもせず呟く。

竜に言われて、笙鈴は魚の桶と毒入りの粥の盆を、小さな扉から牢の外に出す。竜は残っていた粥を桶の中に入れ、盆と器だけを笙鈴に返した。

「おそらく犯人はまた朝餉を持ってお前の様子を見に来るだろう。死んでいるかどうかの確認にな。そして今度こそ、確実にお前を殺そうとする」

「そんな……どうしたらいいんですか？」

「毒を入れた者をその場で捕まえるのが一番だが、そう上手くいくかどうか……昨晩は女官たちの身体検査と部屋の捜索でばたついていたが、真犯人は尻尾を出さなかった。かなり狡猾な人物なんだろう。一番怪しいのは、それを持ってきた人物だが……」

「峰花が犯人だっていうんですか？」

「ああ。夕餉を持ってきたのが、その峰花という女官ならな。お前に夕餉を届ける途中で細工するくらい簡単にできる」

「で、でも、たまたま峰花が持ってきただけかもしれませんよ。誰かが毒を入れた夕餉を知らずに運ばされたとか……」

峰花はどこか冷たく感じることもあるが、氷水の側付きとなったばかりの笙鈴に親身に接してくれた。仕事を教えてくれて、なんだかんだと面倒見もよかった。笙鈴は、峰花が犯人だとは信じたくない。

「あのな。鼠娘」

竜は頭を掻きながら、言いづらそうにしつつも話しだす。

「今、氷水様付きの女官で自由に動けるのは、その峰花一人だけなんだ。他の女官たちは明け方までに全員が連行され、牢に拘束されている。氷水様の私物や宝物庫の物品を盗んだ疑いでな」

「えっ……それは聞いてましたが、全員ですか!?」

確かに氷水の周りでは盗難が相次いでいた。だが女官全員が直接盗みをしていたというのはいくらなんでも考えづらい。なぜそんな事態が起きているのか分からず、笙鈴は困惑するしかない。

「皇帝は氷水様付きの女官の中に首飾り事件の犯人と、その共犯者がいると考えている。だがそれが誰かまでは確証を得られていないいんだ」

「だから罪のあるなしにかかわらず、みんな捕まえたんですか？　そんなの乱暴過ぎますよ！」

竜は憤る笙鈴に説明する。

「皇帝の目的は取り調べで犯人を突き止めることじゃない。もし共犯関係にある女官たちが自分以外の女官の名を挙げて罪を擦りつけあったら、ますます収拾がつかなくなるだけだ。その中で結局真犯人がうやむやにする可能性も高いしな」

「じゃあ、皇帝陛下は一体何をしようとしてるんですか……？」

驚いて笙鈴が大きく目を開くと、竜は小さく笑う。

「犯人が女官たちの中にいるとするなら、女官たち全員の身動きを取れなくし、最も疑わしい人間だけを泳がせればいい。そうなれば共犯者ではなく犯人自身が動かざるを得ない。皇帝はそう考えたんだ。お前を捕らえさせ、更に全ての罪を被せて殺してしまえば、真相は闇の中……それが犯人の狙いだ。ただしそこにこそつけ入る隙がある。犯人がお前を亡き者にしようと動いたところを押さえれば、この城の膿を出し切ることができる……」

「じゃあ、竜さんが衛兵を呼んだわけじゃないんですね……」

「当たり前だろう。昨晩も言ったが、俺にはお前を捕まえてもなんの利益もないんだ。お前を捕まえて得するのは、濡れ衣を着せたい真犯人だけだ。実際にこれまでも犯人は無関係な女官や衛兵に罪を擦りつけてきた狡賢い奴だ。そうやって後宮内に潜み続けていたんだからな」

そんな恐ろしい者が今まで一緒に働いた女官たちの中にいると聞かされ、血の気が引く。同時にある不安に襲われて笙鈴は顔を上げ、鉄格子に縋りつく。

「氷水様は⁉　もしも峰花が真犯人だとしたら、氷水様は大丈夫なんですか⁉」

「大丈夫だ。氷水様には恭もついている。護衛として、皇帝が遣わしたんだ」

「よ、よかったぁ……」

氷水が無事と聞き、肩の力が抜ける笙鈴。その時、竜が「忘れていた」と呟きながら懐から包みを取り出した。

「朝餉代わりに饅頭を持ってきていたんだ。見つからないようにこっそり食え」

「ありがとうございます……」

包みを受け取ろうとした笙鈴の手が、竜の手とぶつかった。笙鈴は謝ったが、竜は感慨深げな様子で目を細める。

「……手、随分とよくなったな」

「……手？　ああ！　竜さんがくれた軟膏のおかげですよ。最近は水仕事も減りましたし」

荒れていた笙鈴の手は、竜に軟膏をもらったことであかぎれがかなり改善されていた。完全に治るのはまだまだ先かもしれないが、湯に触れても痛みを感じないので仕事がしやすくなった。

竜は「そうか」とだけ言うと、桶を持って立ち上がる。

「また来るが、くれぐれも自ら犯人を捕まえるようなんて思うな。分かったか？」

「分かってますよー。竜さんは心配性なんですね！」

「お前に何かあったら氷水様が悲しむからな。それに、お前の危なっかしいところを見ているとリンを思い出すんだよ」

「……リンって？」

笙鈴が聞き返したことで、竜はしまったという顔をした。しばらくうろたえていたが、目を逸らして呟く。

「俺の妻」

「えっ⁉ 竜さんって結婚していたんですか⁉ どんな女性なんですか⁉ どこで知り合ったんですか⁉」

珍しく竜が自分のことを話したので、笙鈴は勢いよく尋ねる。しかし竜はそれ以上追及されたくないのか、「昔の話だ」と冷たく返した。

「それに今はもういない。死んだからな」

どこか切ない顔をした竜が去っていくのを、笙鈴は呆然と見送っていた。触れてはいけない過去に不用意に触れてしまったのではないかと胸が痛む。

笙鈴はしばらく竜の態度を思い返していたが、ふいに竜から渡された包みのことを思い出す。開けると中には、饅頭が一つだけ入っていた。

それを食べながら、笙鈴は今はこの窮地を抜け出さなくてはと、頭を切りかえて考える。

（やっぱり、峰花が犯人なのかな……）

まだ信じられないが、竜の推測が正しければそうなってしまう。

（でも……もし峰花が犯人じゃなかったら、これから持ってくる朝餉には何もないはず）

もし真犯人が別にいるなら、女官たちが捕らえられた今であれば、朝餉に細工がされることはない。

（うん、今悩んでても仕方ないよね……）

そう覚悟を決めると、急に睡魔が襲ってくる。朝早くに竜に起こされたからか、笙鈴はとても眠かった。饅頭を食べ終えると、もう一度毛布に包まって目を閉じる。まるで体調を崩した時のように身体が重く、頭も働かなかった。

◆

笙鈴が気付くと、光の加減から朝になっているのが分かった。

寝ている間に誰かがやってきたのか、鉄格子についている扉の前に朝餉が置かれている。昨晩の粥の器や盆はなくなっていたので、その人物が持って帰った様子だ。

笙鈴はまだ朦朧（もうろう）としながらも状況を把握すると、なんとか毛布から出て、這うように鉄格子に近づく。粥は置かれてから時間が経っているせいか、器に触れるとすっかり冷たくなってしまっていた。

（もう、無理。なんだか、眠い……）

粥の様子がおかしくないか確認しようとしたが、笙鈴の身体は限界だった。匙を握りしめたまま、その場で倒れ込むように寝入ってしまう。

◆

笙鈴が次に目覚めた時、起きるなり身体が揺れており、移動しているのを感じた。

（んんっ……）

薄目を開けると、誰かの肩に担がれているようだ。まだ意識はぼんやりとしており、思考がまとまらない。だが目下に石畳が見えるところから、どうやら外を移動しているらしいと分かる。

「本当に死んでいるのか？　それにしては随分と温かいぞ」

「皇帝陛下の命令で、誰かが温石（おんじゃく）を差し入れたらしいの。多分そのせいよ」

笙鈴を担いでいるのは衛兵の服を着た男だった。笙鈴には男の背中しか見えないので、誰かは分からない。その隣には女がいる。しかしこちらも笙鈴の体勢からは顔を確かめられなかった。

二人は笙鈴がすでに死んだものと思っているようで、意識を取り戻したことに気付きもしない。笙鈴は死んだふりをしながら、話し続ける二人の会話に聞き耳を立てる。

「食べ物に鳥兜（トリカブト）の毒を仕込んだわ。器は空になっていたから、間違いなく食べたはず。念のためもう一度仕込んだけど、必要なかったわね。わざわざ売人から仕入れただけのことはあるわ」

「売人から足がつかないのか？」

「平気よ、金と引き換えに皇女付きの女官に取りに行かせたもの。皇女に飲ませる薬だと説明してね。それにその女官も、もういないわ。私が衛兵に密告して捕まえさせて、とっくに処刑されたもの。皇女に毒を盛ろうとした罪人としてね」

男の声をどこかで聞いたことがあるような気がして、笙鈴は必死に思い出そうとする。聞き耳を立てていると男が口笛を吹いたので、心臓が飛び出そうになった。

「怖いことで」

「毒を仕込んだ食事の器はすでに回収したから誰も気付かないでしょう。器を回収しに行った時に、この女が温石を持っていると分かったの。監視していた衛兵に聞いたら、皇帝陛下の命令で温石を差し入れた者がいるらしいわ」

「皇帝陛下の……？　なんでただの女官にそんなことをするんだ？」

「皇女と仲がいいみたいよ。以前から二人でこそこそ会っていたもの。皇后の首飾りがどうとかって」

「まるで他人事だな。お前が盗んだせいだろう。手癖の悪い奴だ」

男が鼻で笑った時、笙鈴ははっとした。

（この男の人の声……毒見役が死んだ時の衛兵！）

しかしそう気付いた次の瞬間、更なる衝撃に襲われた。

「私が盗んだんじゃないわ。皇女の部屋を掃除する女官に頼んで持ち出してもらっただけよ。だってあの小娘ときたら、いつも見せびらかしてくるのよ？　見るからに高そうな、売ったらどれだけの孤児が飢えずに済むか分からないような首飾りを。ただ皇帝の娘に生まれたからってだけで何不自由なく生きて、飢えることも凍(こご)えることも知らないくせに……そんな生意気な小娘、不幸な目に遭えばいいと思わない？　大切なものを奪われればいいと思わない？　それに皇后や皇女だけを大事にして、国を乱した皇帝もよ……！　失うことの痛みを思い知ればいい！」

感情を込めた声で一気にそこまで話した後、女ははっとした様子で口を閉じた。そして急に誤魔化すように言う。

「とにかく、首飾りに手を出したのは私じゃないわ。だから罪に問われるわけがないのよ」

息を潜めて聞いていた笙鈴は声を上げそうになった。女の声にも聞き覚えがあったが信じたくなかった。似ているだけであってほしいと願っていた。けれど今の話を聞いて、確信を持ってしまった。

（そんな……）

笙鈴が呆然と声の主の名前を思い浮かべていたその時、突然二人の会話が途切れて立ち止まる。

「峰花殿、どこに行くのですか？」

二人の会話を遮ったその声が口にしたのは、笙鈴の頭にあったのと同じ名前――峰花だった。

一度聞いたら忘れられない、麗しい憂炎の声が辺りに響き渡り、怒気を含んで二人に問いかけ続ける。

「それに……そちらは先日の毒見役が亡くなった時に居合わせた衛兵ですね。もっとも左右羽林軍に調べさせたところ、貴方のような衛兵は宮中に存在していないとの回答でしたが」

「なっ……！」

あからさまに動揺している男に対し、峰花は落ち着きはらって応じる。

「おはようございます、憂炎様。文官の貴方が珍しく帯剣なさって、早朝からお仕事ですか？」

「話を逸らさないでください。そちらの衛兵が抱えている女官は？　笙鈴殿ではないのですか？」

「ああ、彼女は牢に囚われていましたが罪の意識から自害を選んだようです。私が朝餉を持っていったら死んでいるのを見つけたので、医官に調べさせようかと」

「それなら牢に医官を呼べば済むこと。わざわざ運ぶ必要はありません。その場で笙鈴殿を調べさせると何か問題でもあるのですか？　峰花殿……いえ、峰花殿の名を騙り、姿を変えてなりすましている偽物でしょう」

憂炎の言葉によってその場に緊張が走る。

峰花は「何を、言っているんですか……？」と掠れ声で呟く。

「私は、峰花です。皇女様付きの女官の中で最も長く働いている……」

「ええ、そうです。峰花は皇女様付きの女官の中で最も長く働いた女官でした。一年ほど前、彼女は家族の危篤の報せを聞いて、一度後宮を出ました。ですが彼女は家族の元に現れることはなかった。後宮を出てすぐ、花州の中心部を流れる川辺にいたからです……身元不明の死体となって」

憂炎がそう言うと、遠くから複数人の足音が聞こえてくる。

足音が近くで止まったので、笙鈴はそちらに目線を動かす。やってきたのは衛兵たちのようだ。峰花は怯んだ様子を見せる。

「何よ、この衛兵たちは……」

「峰花を騙る貴女と衛兵に扮したそちらの男を捕まえるために主上が遣わした衛兵です。主上は大層お喜びでしたよ。これで皇女様を傷付ける者がいなくなると……」

憂炎の言葉に、峰花——いや、峰花になりすました女は舌打ちをすると、「逃げるよ!」と男に声を掛ける。だが、男はなぜか逡巡している様子だった。

「ちっ……! 後で覚えていろよ!」

だがすぐに男は捨て台詞を吐くと、笙鈴をその場に放り投げる。

(わっ……!)

地面にぶつかる衝撃を覚悟して笙鈴は目を瞑った。しかし目を開けると、恭に受け止められていた。

「恭さん……」

恭は笙鈴と目を合わせると、大丈夫というように小さく頷く。

笙鈴が死んだと思っていた峰花は信じられない様子で声を荒らげる。

「死んだんじゃなかったの⁉」

「二人を拘束しなさい！」

憂炎の言葉を合図に衛兵たちが二人に駆け寄る。しかし、二人は素早い身のこなしで衛兵たちを避けると、後宮の外へ向かい走り去った。

憂炎は自分の護衛一人を残し、他の衛兵たち全員に追いかけるように指示を出すと、恭に抱えられたままとなっていた笙鈴に近寄る。恭は憂炎に笙鈴を預けると、衛兵たちの後に続いて峰花たちを追いかけていった。

「お怪我はありませんか？」

「は、はい、まあ……」

「貴女をこのような危険な目に遭わせてしまい、大変申し訳ございません。お詫び申し上げます」

「大丈夫ですよ。別に怪我はないですし……あれ？」

笙鈴は自力で立ち上がろうとするが、足に力が入らず倒れそうになる。そんな笙鈴を憂炎が支えてくれた。

「今回の件については、後ほど説明があるでしょう。今はゆっくりお休みください。まだ睡眠薬の効果も切れていないはずです」

「睡眠薬……」

どうりで身体に力が入らないわけだと、笙鈴はぼんやりした頭で考える。肩を貸してくれる憂炎に頭をもたせかけると憂炎が独り言のように呟く。

「主上も薬の量を加減すればいいものを……皇后様ぶりに現れた主上と皇女様の大切なお方に、万が一のことがあったらどうするつもりなのか……まあ、私にとっては好都合ですが」

（好都合……？）

何かの聞き間違いだろうかと、笙鈴は自分の耳を疑う。

だが口に出して聞き返すこともできずに固まってしまう。そうしているうちに憂炎は笙鈴が休むための部屋を手配するよう、一人残っていた護衛の衛兵に指示を出す。

頷いた衛兵が立ち去ると、憂炎は軽々と笙鈴を抱き上げた。

「あ、の……」

「このままでは風邪を引いてしまいます。部屋の用意が整うまで、どこかで横になりましょう」

そう言って柔和な笑みを浮かべた憂炎だったが、明らかに今までと雰囲気が違うように見える。その瞳の奥には落胆と憎悪が入り混じっていたのだ。どこか、暗い感情が見え隠れするような根深く闇深い負の感情が……

それを見て笙鈴の身体から熱が引き、寒風に当たった時のように震える。何かがおかしいと本能的に察知した笙鈴は、呂律が回らない口を動かして、どうにかこの場から逃れようとする。

「ゆっ、憂炎様。私の部屋に運んでいただけませんか……いろいろ起こり過ぎて心の整理がつかないというか……一度自室に帰りたいです」

笙鈴はさりげなく憂炎にそう提案した。

憂炎がなぜ急に態度を変えたのか分からないが、恭もおらず、衛兵たちもいなくなった今、ここには笙鈴と憂炎しかいない。豹変したようにさえ感じる憂炎と二人きりになるのは危険だと本能が告げていた。もし憂炎まで峰花のようになんらかの企みを抱き、笙鈴に害意を持っていたとしたら——誰も見ていない今ならば、騒ぎに乗じて笙鈴を亡き者にするのは簡単なことだ。

怯える笙鈴だが、憂炎は笑みを浮かべたまま言う。

「それはいけません。峰花たちは後宮を熟知しています。笙鈴殿の部屋に隠れて、復讐をしようと目論んでいるかもしれませんよ？　ああ、それとも、笙鈴殿には私と一緒にいたくない理由でもあるのでしょうか？」

「いいえっ！　そんなことはありません！　ただ高官である憂炎様に介抱してもらうなんて……」

笙鈴は適当なことを喋りながら解放される方法はないかと考え、あることを思いつく。

「く、首飾り！　そうだ、首飾りを探さないと！　氷水様は私が見つけた首飾りを見て、裏の文字が変だと訴えてました。もしかしたら峰花たちが隠していて、まだ本物はどこかにあるのかも……私、見つけるって氷水様と約束したんです。竜さんとも！峰花がいないうちに、彼女の部屋を……」

「竜……ですか。皇女様を手助けする見返りに、竜とはどんな約束を交わしたのですか？　たとえば貴族……いえ、側妃として迎えるとか？」

「一体、なんのことか……」

「しらを切るのも大概にしてもらいましょうか」

突然の憂炎の言葉に呆然として言いかけた笙鈴を、憂炎が遮る。

「幼い皇女に取り入って恩を売り、皇帝に近づいて地位を得ようとしたのでしょう」

執拗（しつよう）に追及してくる憂炎に笙鈴は驚きと恐怖を隠せない。しかも憂炎は竜と皇帝を結びつけているが、その事情もまったく呑み込めなかった。

笙鈴は身を捩（よじ）って、どうにかして憂炎から逃れようとする。しかし暴れているうちに首元を掴まれ、地面に引き倒されてしまった。

「い、痛っ！」

「貴女に直接手を下すつもりはなかったのですが、仕方ありません。それもこの国のため、そして我が一族——花家のためです。仙皇国の皇族に西の血が混ざるなど、考えるのも恐ろしいことですから」

「ゆ、憂炎様……」

「それに皇女が幼い今はともかく、成長した後はどうするのです？　随分と懇意にされているようですが……もしも皇女から西の国の便宜を図ってほしいと頼まれても、今と同じように手足となって働くおつもりですか？」

わずかに開いた笙鈴の口に、憂炎は懐から取り出した小瓶を近づける。中にはいかにも毒らしき黒紫色の液体が入っており、笙鈴は震え上がった。

(なんで、どうして憂炎様が私を殺そうとするの⁉)

「そう怖がらないでください。苦しむのは最初だけです。意識を失った後は安らかに眠れることでしょう。皇后と同じように……」

笙鈴の言葉に憂炎は耳を貸さない。

溢れた涙が頬を伝い、震える唇まで流れる。憂炎をはねのけようにも、たおやかな見た目に反して力が強かった。笙鈴のような痩せた少女一人ではどうすることもできない。

冷たい石の上に縫いつけられるように押さえられたまま、笙鈴は頭の中で祈るように助けを乞う。

(誰か！　誰か助けて！　恭さん！　竜さん……！　誰か……)

その瞬間、耳の真横で風を切るような音が聞こえた。急に身体が軽くなり、反射的に手をついて身を起こすと、憂炎を羽交い絞めにする男の姿が見えた。

「ここから離れろ、鼠娘！　今すぐ！」

「竜……さん……？　なんでここに……？」

疑問に答える間もなく、竜は憂炎の手首を捻る。

憂炎の掌から落ちた小瓶は地面にぶつかって粉々に砕け散り、石畳に染みを作る。

黒ずんだ液体からは吐き気を催すような甘ったるい臭いが放たれた。

「これはこれは……まさか貴方様がお見えになるとは思いませんでした。ですがご足労いただかなくとも、これから笙鈴殿をお連れするところでしたのに」

何事もなかったかのように話す憂炎に、竜が応える。

「白々しい……峰花がしくじったのを見て、自ら手を下そうとしたのだろう」

鼻で笑う竜は態度こそいつもと同じだが、装いがまったく違う。油染みや煤汚れのついた普段着の長袍ではなく、見るからに贅を凝らした衣を纏い、その黄色の生地には龍の文様が入っている。髪も背中に流しているのでまるで別人だ。

格好が異なるだけでなく、帯剣して憂炎を見据える姿には鬼気迫るものが感じられた。鼠娘と呼ばれなければ、笙鈴でも本当に竜だとは信じられなかったかもしれない。

（えっ！　どういうこと？　憂炎様が犯人⁉　それに憂炎様の態度……竜さんを敬ってる⁉）

状況に理解が追いつかず混乱する笙鈴。

だが竜と対峙する憂炎は笑みを絶やさないまま、不穏な言葉を発する。

「知られていたのなら仕方ありません」

言い切る前に憂炎が腰に佩(お)びた剣を抜いて笙鈴に斬りかかってくると、竜は笙鈴を庇うように突き飛ばす。即座に抜いた剣で憂炎の初撃を受け止めると、はね返しながら真横に斬るように剣を払う。

竜の凛とした眼光と鋼鉄の剣が、昇ったばかりの朝日に照らされて輝いていた。

憂炎が竜に斬りかかり、刀身が風を切る音が響く。

竜は憂炎の攻撃に合わせて剣を振りかざす。その動きに、笙鈴は状況を忘れて思わず見惚れてしまった。竜の剣の軌跡は美しく、しかし精妙だった。憂炎は竜の攻撃をかろうじて避けることができるだけで、次第に疲弊していく。

竜は憂炎の攻撃を巧妙に躱(かわ)し、瞬く間に憂炎を追い詰めてしまう。

「なぜこんなことをしたっ！」

憂炎を圧倒した竜は声を荒らげ、憂炎に剣を振りかぶる。

だが剣は振り下ろされる前に止まった。まるで竜の心に渦巻く感情が、剣を振り下ろすことを躊躇わせているように。

憂炎は竜の躊躇を見透かし、冷笑を浮かべた。

「そうやってすぐに情に流されるのが貴方様の悪い癖です」

竜は動かず、躊躇っている様子だ。憂炎が長年の仲間であり、信頼してきた臣下だったからだろう。

「……お前まで俺を裏切るのか、憂炎！」

「西の国の者を娶るなど……皇后ではなく側妃に留めておけば死ぬこともなかった……いつまでも皇后の死を引きずって、西の国への体面ばかりを取り繕おうとするからこうなるのですよ。我が君」

「……！　家族を愚弄するな！」

挑発しながら憂炎は優雅に剣を構え直し、竜を憫笑する。

「しかもようやく新しい女性に興味を持ったと思ったら、今度はどこの馬の骨とも知れぬ下級女官とは……ただでさえ異国人の影響を受けて料理の真似事をして、帝位に泥を塗っているというのに。貴方様はどこまでこの国の伝統と格式を穢し、皇国の歴史に汚点を作るつもりなのでしょうか」

「勘違いするな。そいつはそんな存在じゃない。こいつはただの……」

言葉に詰まって動きが鈍った竜。

そんな竜を貶すように憂炎は冷笑を浮かべて言う。

「ただの、なんですか？　……貴方様にとってこの女官はそのような存在なのですね。それなら……」

憂炎は素早い身のこなしで笙鈴の元にやってくると、喉元に剣先を向ける。

「ひっ⁉」と引きつった声を上げて身体が硬直し、笙鈴は動けなくなった。

「そうやって情に流され、とどめが刺せない。だからこうやって救える者まで救えなくなってしまうのですよ」

「貴様っ‼」

「彼らがもう少し働いてくれたのなら、私が直接手を下すまでもなかったでしょう。そのために危険を顧みずに接触を図って、金品の横領や窃盗行為も見逃していたのですから」

笙鈴を盾にされたことで竜は動けずにいた。悔しそうに表情を歪める竜から距離を取りつつ、憂炎は話し続ける。

「数々の汚点を残し、治世を混乱の渦に巻き込もうとする貴方様はとんだ今上皇帝ですね——竜皇帝陛下」

「ええーっ⁉」

憂炎の竜への呼びかけに笙鈴は全てを理解すると同時に、場にそぐわない素っ頓狂な大声を上げてしまった。

一瞬憂炎が怯み、そのわずかな隙をついて竜が駆けだす。

だが二人の間には距離があり過ぎた。憂炎は竜の動きに瞬時に対応し、笙鈴を離して逃げようとする。

「待て！」

竜の叫びを聞き、笙鈴は自然と動いていた。転びそうになりながらもとっさに憂炎を追い、長袍（チャンパオ）の裾を掴んでしがみついたのだ。痩せっぽちの笙鈴であったが、全体重をかけた必死の制止に、憂炎は足止めを食う。

「何をするのです！　離しなさい！」

「でかした！　鼠娘！」

追いついた竜は憂炎が持っていた剣を奪い取って放り投げると、笙鈴と入れ違いに馬乗りになる。

しかし竜に切っ先を向けられても、憂炎の笑みは変わらなかった。

「貴方の手で今生を終えられるのなら悪くないですね。むしろ清々しいくらいです」

「なぜ……こんなことをした」

「この国の安寧と秩序を守り、千年先にも続く盤石な国にするためには、他国の干渉は避けねばなりません」

憂炎の言葉に竜の肩が震える。笙鈴の位置からは竜の顔は長い黒髪に隠れて見えないが、全身から悔しさがにじみ出ているのが感じ取れた。

「お前は俺の知友だ。そんなお前が俺を裏切ってリンや氷水、こいつまで害そうとしたのを認めたくない。こいつを連れていこうとしたのだって、俺のためだと思いたかったさ」

「だから貴方様は詰めが甘いのです。西の国は――皇后、そして皇女の祖国はいずれこの国を手中に収めようとします。貴方が皇位を継ぐためにどれほど国が乱れたか覚えていますか。内輪の争いが絶えず貧富の格差が著しい不毛なこの国は、侵略に対処できるほどの国力を持ち合わせていません。そんな国を守ろうとするなら、人の感情や命など勘定に入れるべきではない……まあ、貴方様には永遠に分からないでしょう」

「……鼠娘。しばらく目を瞑っていてくれるか」

竜はいくつもの感情が入り混じった、低く重い声で懇願する。笙鈴はその言葉を受け、二人に背を向けた。

剣が何かに突き刺さったような音、続いてどさっという音が耳に入ってきた。

「……お前こそ、悪者になりきれていないだろう。非道になれないから俺への剣が鈍るんだ。本当に花家の役目に徹するなら皇位争いの時に俺を殺し、傀儡（かいらい）に都合のいい他の皇子を擁することもできたろうに」

「竜さん……憂炎様は……？」

「そのまま目を瞑っていろ。お前は何も見なくていい……後は左右羽林軍がどうにかするからな」

一陣の風が吹いて、鉄に似た臭いが辺りを漂う。それだけで憂炎がどうなったのか、笙鈴は目を開けなくても理解してしまう。

「そのまま手を貸せ、鼠娘。こいつが視界に入らない場所まで連れていく」

低い声に従って笙鈴が手を差し出すと、竜はそれを引いて歩きだす。

目を瞑っている笙鈴の足取りは遅いが、転ばないように気を遣ってくれているのか、竜は急かさなかった。無言のまま導いてくれる竜の温かい手が笙鈴の心を落ち着かせ、その存在感の大きさが安堵をもたらしてくれた。

◆

しばらくして「もういいぞ」と声を掛けられて目を開けると、笙鈴は竜と共にどこかの建物の裏側にいた。

「面倒事に巻き込んだな」

「いいえ。竜さんこそ怪我はありませんか。顔色がとても悪いです……」

「外傷はない。ないが……別のところが少し痛むだけだ。じきに収まる」

顔色が悪いのも無理はない。長年苦楽を共にしてきた憂炎が一連の事件に関わっていたのだ。盟友とも言うべき憂炎が。

「上手く言えませんが……無理をしないでください」

「無理はどっちだ。まさか憂炎にしがみつくとはな」

「すみません。あの時は本当に無我夢中で、身体が勝手に動いてしまったというか……」

「とんだじゃじゃ馬娘……いや、食い物に釣られてやってくる鼠だったな」

そう言って竜は大きく息を吐き出したかと思うと、笙鈴を抱きしめた。

「無事でよかった」

口を開けば小馬鹿にしてくるばかりだった竜の予想外な行動に、笙鈴はただ慌てふためくことしかできない。

「えっ、あっ、その……心配してくれたんですか？」

「まあな。ここまで餌付けした鼠をそう易々と逃してたまるものか。というか、少しは大人しくするくらいできないのか」

「お、大人しくですか……？　十分大人しくしてると……っ」

今の状態のことを言っているのかと思っていると、ますます強く抱きしめられる。

「次からは助けに行くまでじっとしていろ。毎回こんなことをされたら心臓が持たない。こっちの身にもなってくれ」

いつもの竜ならこういう時は「危険なことをするな。素直に守られていろ！　この鼠娘が‼」などと怒鳴りそうだが、やはり今日の竜はどこか変だ。まるで大切な女性を心配しているように感じられる。

「おいっ！　鼠娘⁉　しっかりしろ！」

そんなことを考えていると、立ちくらみのように足元がふらつく。そして目の前が明滅し始める。暗くなっていく視界の隅で、二人を探していたと思しき恭が駆け寄ってくるのが見えた。

「恭、こいつを部屋に運べ。それから医官を呼んで診察させろ」

恭はすぐに笙鈴を抱き上げた。

運ばれながら、笙鈴は重い瞼の下で考える。

（そういえば、竜さんの正体って皇帝陛下だったんだよね。結局……）

しかしどうしてあの厨（くりや）で竜と名乗り、正体を隠してまで料理をしていたのか聞いてない。

（でも、いきなりそんなの信じられないよ……だって、私の知っている竜さんはただ料理人で……しかも偉そうで、口が悪くて、そんな竜さんが皇帝陛下なんて……）

あまりに目まぐるしく事件が起き、笙鈴にとっては憂炎のことも含め、全てが悪い夢のようにしか思えない。

朦朧としながら考えているうちに、笙鈴の意識はすとんと落ちてしまった。

第九章　竜(ロン)の正体

恭(キョウ)に運ばれた笙鈴(ショウリン)が目を覚ますと、そこは自室の寝台の上だった。

ずっと笙鈴についていたのか、氷水(ビンスイ)が寝台の傍らに頭を乗せて寝息を立てていた。

笙鈴の側を離れない氷水の隣には、女官長がつき添っていた。彼女の説明によると、笙鈴はあれから丸一日眠っていたらしい。

倒れた原因は多量の睡眠薬の服用をした直後に激しい運動や緊張が重なったせいで、身体が限界を迎えたというのが医官の見立てだそうだ。

笙鈴と女官長が会話をしていると、今度は氷水が目を覚ました。

氷水は笙鈴が意識を取り戻したのに気付くと、青い瞳いっぱいに涙を溜めて笙鈴に抱きついてきた。氷水は笙鈴に宥(なだ)められて泣きやむまで、ずっとそのまま離れなかった。

だがしばらくしてようやく安心できたのか、女官長と共に自室へ戻っていった。

それと入れ違いに恭がやってくる。彼が持ってきたのは『しばらくは仕事を休んで部屋で療養に専念するように』という辞令だった。

『もちろん、この療養中も笙鈴殿には給金が支払われます。療養するように言ったのも、給金を出すように言ったのも主上です。女官長も承諾していますので、安心して療養に専念してください』

そう書いて伝えると、恭は笙鈴が疲れないうちに足早に部屋を後にした。

その後、二日間ほど見知らぬ女官——普段は飛竜(フェイロン)付きの女官をしている女性に、食事から着替えまでかいがいしく世話を焼かれた。

笙鈴が療養している間も、氷水は毎日女官長と共に笙鈴の見舞いに来てくれ、恭も顔を出してくれた。けれども牢に入れられた時には頻繁に顔を出していた竜が、一度も来ない。姿を見かけることすらなかった。

結局竜が来る前に笙鈴は回復し、療養を終えた。

その頃には騒動も落ち着いて、共犯でないと分かった氷水付きの女官たちも復帰していた。もう人手は十分なので、役目を終えた笙鈴は氷水付きの女官から元の下級女官に戻った。

◆

また下級女官として働き始めたその日から、笙鈴は赤い柱が並ぶ廊下を、いつもより念入りに掃除していた。皇后の国からもうすぐやってくる使節団を出迎える用意を進めているのだ。

「笙鈴ー！」

ふいに愛らしい声に名前を呼ばれて笙鈴が顔を上げると、遠くから小さな少女が駆け寄ってくるのが目に入る。

「氷水様⁉」

「笙鈴！」

氷水は走ってきた勢いのまま、ぎゅっと笙鈴に抱きついてくる。それを受け止めながら、笙鈴は「どうしたんですか？」と声を掛けた。

「あのね。お父様に笙鈴のことを話したの。そしたらお父様が笙鈴に会いたいって」

「お父様……えっ、皇帝陛下にですか⁉」

「うん。ねえ、笙鈴。一緒に来てくれる？」

上目遣いに見上げてくる氷水の輝く青い瞳にたじたじになっていると、遅れて恭がやってきた。笙鈴が小さく頭を下げると、恭も同じように会釈を返す。

「お父様にね、お友達はいるのかって聞かれて、笙鈴がお友達だよってお話ししたの。そうしたらお友達とお話ししたいことがあるから、これからお父様のところに連れてきてほしいって言われたの」

「こ、これから⁉　で、でも……下級女官の私が皇帝陛下にお会いしていいものなのか……」

もちろん、笙鈴が渋る理由はこれだけではない。

（皇帝陛下って、竜さんなんだよね……？　そもそも、どういう顔して会えばいいのか、心の整理がついてないっていうか……）

笙鈴の戸惑いを察した様子の恭が、書きつけを差し出す。

『主上も是非にとおおせです。すでに女官長から許可もいただいております。仕事のことはお気になさらず』

「そうですか……」

「こっちだよ、笙鈴！」

すでに休暇扱いになって、許可も出ているという準備のよさに、まるで会うことを渋ると悟られていたようで落ち着かない。

楽しそうな氷水に手を引かれて歩きだしても不安な気持ちでいっぱいだった。皇帝の飛竜との面会に緊張しているというのもあるが、笙鈴はどうしても嫌な想像をしてしまうのだ。

（本当にあの料理人の竜さんが、皇帝陛下なの？　影武者とかじゃなくて？　本当は竜さんと皇帝陛下は別人で、もしこれまでの騒動に氷水様を巻き込んでしまったことについて、咎められたらどうしよう……）

飛竜が今笙鈴に会いたいという理由が、愛娘である氷水が話す友人の笙鈴に会いたいからではなく、これまで氷水を危険に晒したことに対する責任の追及のためだとしたら――

（そ、それにもし本当に竜さんが皇帝陛下だったとして、そんな重大な秘密を知ってしまった私は……も、もしかして……）

そう考えて笙鈴は大きく身震いした。逃げだしたくなるが、後ろについてきている恭を振り切る自信はない。

こうなったら腹を括るしかないと、笙鈴は頭を切りかえた。

（よ、よし！　と、とりあえず皇帝陛下の部屋に入ったら、まず床に両膝をつけて、そのまま滑るように皇帝陛下の元まで行きながら頭と手を床に擦りつける。これぞ、宦官から聞いた最上級のお詫びの姿勢！）

以前、氷水の前で披露した土下座とほぼ一緒だが、違うのは勢いと瞬発力だ。これなら飛竜も許してくれるだろう……と思いたい。

（成功しますように……！）

不敬罪で捕まったり、仕事を辞めさせられたりしませんように。そんなことを祈りながら、死者の魂を審判して刑罰を決めると言われている地獄の王に会いに行くような重い足取りで飛竜の元に向かった。

やがて皇帝の政務室と思しき豪華な部屋の前までやってくると、氷水は扉を叩く。

氷水が重そうな扉を両手で開けるのを笙鈴も手伝い、「失礼します……」と小声で言いながら中に入る。

「お父様。笙鈴を連れてきたよ」

「入れ」

笙鈴は生唾を呑み込むと、氷水から離れて先に立って歩きだす。氷水が「笙鈴？」と不思議そうに呼んでいるが、それに構う余裕はなかった。

（いよいよ……）

（いざ……！）

笙鈴は軽く助走をつけると、床の上に両膝をつきながら頭を下げ、滑るようにして飛竜の前に向かった。

「このたびは皇女様を危険な目に遭わせてすみませんでした！　あ、あとあなたが本当に竜さんだったとしても絶対にこのことは人に言いません！　だからどうか、命だけはお助けください！」

滑る動きが止まってからも床に額を擦りつけて平身低頭を続けていると、呆れた声が正面から聞こえてきた。

「……何をやっているんだ？」

幾度となく聞いてきた聞き覚えのある声。笙鈴は思わず頭を上げそうになる。

（やっぱり、この声は……）

笙鈴がそう思うのと同時に部屋の主が「早く顔を上げろ」と告げる。

「氷水が困っているぞ。まったく……つくづく面白い女だな。鼠娘は」

笙鈴がようやく顔を上げると、そこには階級の最上色と言われる黄色の礼服を着て、後ろでまとめた黒髪に金色に輝く冠を被った若い美丈夫が座っていた。

美丈夫は呆けた顔をしている笙鈴を眺めると、鼻で笑った。

「竜さん……」

分かってはいたものの、皇帝の衣装を着た竜の姿に笙鈴は呆然としてしまう。

「元気になったようだな」

竜が視線を笙鈴よりも後方へ向けたので、つられて笙鈴も自分の背後を振り返る。そこには青い目を大きく見開いたまま固まっている氷水と、この状況に困惑して目だけをキョロキョロと動かす恭の姿があった。

竜がわざとらしく咳払いをすると、室内の空気が変わった。

「氷水。笙鈴を連れてきてくれてありがとう。もう部屋に戻っていいぞ」

「うん」

「恭は氷水を部屋まで送ってやってくれ」

竜の言葉に恭は頭を下げ、氷水を促しながら退室する。

扉が閉まり、完全に二人きりになると、「さて」と竜は口を開いた。

「鼠娘も聞きたいことや知りたいことがあるだろう。まずはその辺の椅子を持ってきて適当に座れ。いつまで床にへたり込んでるつもりだ」

竜に言われて立ち上がって部屋を見渡したが、椅子と言われても高価な飾りのついたものしかない。この椅子一脚だけで、笙鈴の父親の一か月分の給金を遥かに超えてしまうのではないだろうか。

笙鈴はぶつけたり壊したりしないように、慎重に椅子を持ってくると竜の向かいに座る。竜は大きく息を吐いた。

「この格好で、こうして会うのは二度目だな」

「そうですね……」

いつもはあの古ぼけた建物で、料理人とつまみ食いする下級女官として会っていた。

それが今は皇帝陛下と下級女官――または皇女の友人として顔を合わせている。場所や着ている衣服が違うだけなのに、竜が遠い存在に思える。

何も変わっていないはずなのに……それがなんとも不思議だった。

「まずは詫びをさせてくれ。とんだ騒動に巻き込んでしまったな。餌付けだけじゃ割に合わない仕事だったろう、鼠娘」

「その割には、あまり悪びれているように見えないですけど？」

言った後に、しまったと笙鈴は口を閉じる。鼠娘と言われたので、ついいつもの調子で返してしまった。相手はこの仙皇国の皇帝陛下だというのに。

竜はその場で立ち上がり、じっと笙鈴の目を見つめてきた。

怒られると思い身を縮める笙鈴だったが――

「命を危険に晒すような、危険な目に遭わせてすまなかった。そして、氷水の――娘の友人になってくれてありがとう。これは仙皇国皇帝としてではなく、一人の父親として礼を言わせてくれ、笙鈴」

その言葉と共に竜は頭を下げた。皇帝である竜が――飛竜がただの下級女官である笙鈴に頭を下げた。その衝撃があまりに大きかったせいで、笙鈴は飛竜に初めて名前を呼ばれたことに気が付かなった。

「皇帝でも頭を下げるんですね……」

「皇帝といっても一人の人間だからな。悪いと思ったら詫びるし、親切にしてもらったら礼を言う。皇帝だから、謝罪や礼を言わなくていい理由にはならない。お前も俺が皇帝だからと構えずに、いつも通り接してくれ」

「そんなことをしたら、不敬罪でここを追い出されませんか……？」

おそるおそる筆鈴が尋ねると、「阿呆か」と鼻で笑われる。

「竜として会った時に散々な振る舞いをしてきただろう。もし不敬罪で追い出すなら、とっくに追い出している」

「そっ、それもそうですね……それならいいです。安心しました」

筆鈴がひとまず胸を撫で下ろしていると、飛竜はどこか懐かしむように遠くを見ながら話しだす。

「結婚したばかりの頃、リン——皇后にも言われたよ。皇帝という立場は謝罪や感謝をしない理由にはならないと……あの頃は喧嘩ばかりしていたな」

その時のことを思い出したのか、飛竜は指で眉間を押さえると、大きな溜め息を吐いた。

「リンはとにかく手がつけられないじゃじゃ馬でな。勝手に城を抜け出して下町に出たり、供もつけずに馬に乗ってどこかに出かけたり……お転婆で無鉄砲で、俺が何を言っても聞く耳を持たなかった」

「そうだったんですか……」

「しかも口が達者で、大体は俺がリンに言いくるめられてしまうんだ」

飛竜は愚痴を言うように呟いたが、口角を緩め、柔らかな笑みを浮かべていた。

「娘の氷水までリンに似たらどうしようかと思ったが、そうならなくてよかったよ。その代わり、同じくらい手の焼けるお前が来たけどな」

「私、ですか……」

「まさか食い物の匂いに釣られて、あんな後宮の奥まった場所まで来る奴がいるとは思わなかった。それも壁の穴だの植え込みだのを抜けてまで……」

そこまで話して、飛竜は「話が逸れたな」と言い、本題に戻る。

「峰花(フォンファ)を騙った女と衛兵として潜り込んでいた男は、衛兵たちの追跡を振り切ってどこかに逃げた。おそらく、ほとぼりが冷めるまで市井(しせい)に潜むつもりだろうな」

「あの二人は何者だったんですか？　ちゃんと捕らえられるんですか？」

（それに、憂炎様はなぜあんなことを……？）

笙鈴の中に疑問が渦巻くが、飛竜が口に出さない以上、自分から言うのははばかられてしまう。

「あの二人のことは、今後鳥州に任せるつもりだ」

仙皇国の東に位置する鳥州は、古の時代から武に優れた者を多く輩出し、州を治める鳥家は鳥を使った独自の通信方法や諜報技術を持つと言われていた。その情報網の広さは皇帝以上との噂だ。その鳥家に調査を依頼したなら、二人が見つかるのも時間の問題のはずだ。

「それにしても、一年以上も後宮内に巣食っていたとはな。悪人にしては慎重だと評価すべきなのか、対策が後手に回っていた俺たちが舐められていただけか……」

飛竜が大きな溜め息と共に話を区切ったので、笙鈴はおずおずと口を開く。

「あの……本物の峰花は死んでいたんですよね？」

「ああ。ようやく身元が判明した。一年前に身元不明の死体として川辺で発見されたのが、本物の峰花だ。死体はなんの所持品もなく手がかりがなかった。だが身につけていた襦袢(じゅばん)に、峰花の故郷でしか栽培されていない麻が使われていたんだ。峰花の家族にも確認したから間違いない」

　峰花の家族は、彼女がずっと後宮で働いていると思っていたそうだ。身内の危篤を知らせても峰花が帰省しないのは、それほど後宮の仕事が忙しいからだと信じて疑わなかったらしい。今回飛竜が調査したことで、初めて峰花の不幸を知ったという。

「でも、どうして今まで身元が分からなかったんですか？　見つかった死体から姿絵を作って、聞き込みでもすればすぐに分かりそうなのに……」

「本物の峰花の死体は一年近く身元不明として扱われていた。同じ理由で姿絵も作成できなかったんだ。死体からは、頭部が切断されていたからな」

「なっ……!?」

　告げられた内容があまりに衝撃的で、笙鈴は言葉を失ってしまう。あの二人組はそんな残虐なことを平気でしたのだろうか。

「それに峰花はな、死体が見つかった二か月後に何事もなかったかのように後宮に戻ってきたんだ。同じ顔をして平然とな。だからこそ、誰も気付けなかったんだが……」

「えっ……⁉　峰花は後宮を出発してすぐに殺されたんじゃないですか⁉」

「ああ、殺されたのは確かだ」

「それじゃあ、どうして……」

「峰花を騙った女は、峰花を殺害した後、死体から頭部を切断してそれを持ち去った。その頭部を使って、峰花の顔を自分の顔に移したんだ。これを他国では移植と言うらしいぞ」

仙皇国の北の国――まだ戦が続くその国では、怪我をして顔や頭に大きな傷を負った者のために、姿絵や証言を元に顔を復元する道術が存在するという。原形を留めないほど傷が酷く、元に戻せない者は、まったく別人の顔にすることもあるらしい。その道術を北の国では、「移植」と呼ぶのだという。

「本物の峰花が後宮から出た頃、北の国から奇妙な噂が流れてきた」

「噂？」

「『移植を行う者の一人が、北の国で罪を犯して花州に逃亡した』と。当時は移植の話自体が眉唾ものだったから誰も信じなかった。だがその噂が後宮内でも流れ始めた頃、今度は花州の外れを中心に別の噂が広まったんだ。『人里離れた花州の外れの荒ら屋に、見知らぬ異国人が住み着いた。しばらくしてその荒ら屋に若い女と、傭兵らしき男が出入りするようになった。男の方は血に染まった包みを抱えていたことがあった』というな」

　その後、しばらくして女が姿を見せなくなったが、荒ら屋の周辺で傭兵らしき男と、見目麗しい女の二人連れが目撃されるようになる。この二人組はすぐに姿を消したという。

「見目麗しい女というのは峰花で、傭兵らしき男というのは共犯の衛兵だろう。特に峰花は美人だからな。近隣に住む男を中心に、顔を覚えている者が多かった……となると、荒ら屋に住み着いた異国人というのは移植の術を持つ者だろう。峰花たちは移植のために荒ら屋に出入りしていた。時期的にも本物の峰花が殺害され、頭部が持ち去られた頃と同じだ」

「その異国人って、今は……?」

　笙鈴の言葉に、飛竜は顔を険しくする。

「……こっちもすでに死んでいた。住み着いていた荒ら屋の中でな……明らかに他殺と分かる殺され方だった」

笙鈴はひゅうと喉を鳴らしてしまう。

「移植後に殺されたんだろうな、あの二人に」

結局移植の真相も持ち去られた峰花の頭部の行方も分からないまま、この報せが飛竜の元に届いたのが十数日前だったという。それはちょうど、飛竜が氷水の様子を探ってほしいと笙鈴に頼んだ頃だ。

「じゃあ、その頃にはもう峰花が怪しいと気付いていたんですね」

「実は峰花が故郷から戻ってすぐ、様子がおかしいと勘づいた者が何人かいたんだ。顔は同じだが、雰囲気がどこか違うと……女官長もその一人だったな」

思い返せば、氷水の食事の支度を手伝った際に、料理人も似たようなことを言っていた。彼女も違和感を覚えていた一人だったのだろう。

「その時は身内を亡くしたばかりで不安定になっているのだと考えて気にする者は少なかった。しかしそのうち、氷水の周囲で相次いで不祥事が起きるようになった。そこで女官長は強い疑いを峰花に向けるようになったんだ」

他国が暗殺者や間諜を差し向けて皇族の命を狙うことや、城に潜り込んだ盗人が宮中の宝物を狙うことはこれまで何度かあった。しかし峰花が戻ってきてから、そんな事件が一気に増えるようになったのだ。犯人はほとんどが氷水付きの女官や衛兵で、後宮内の物品の盗難から、氷水の暗殺未遂まで頻繁に起こるようになった。

飛竜たちはいつも未然に犯人を捕まえ、協力者と思しき者たちも後宮から追い出した。しかしそれからしばらくすると、捕らえた犯人たちや後宮を追い出された者たちまでもが不自然な死に方をするようになった。

「盗難のみならず、皇族の命を狙い、しかも共犯らしき人間を消してまで犯行を繰り返す。皇族――特に氷水への恨みが感じられた。さすがの俺も何かがおかしいと思い始めてな。恭や……」

飛竜は一度を言葉を切ってから、話を続ける。

「恭や憂炎といった当時俺が信頼を置いていた者たちと共に、内密に後宮内を調べ始めたんだ。その中で、女官長から峰花について話を聞かされた」

女官長は元々亡き皇后の世話係をしていた。本来であれば後宮内の女官を統括する女官長が一連の不祥事を解決しなければならないのだが、もはや彼女の手に負える状況にはなかった。そんな時に飛竜たちが後宮内の騒動を調べていると知り、女官長は協力と情報提供を申し出たのだという。

「峰花は女官たちを利用して利益を得つつ、自分には疑いの目が向けられないように動いていたのだろう。しかも共犯者にやらせたのは食事の細工や嫌がらせだけじゃない。首飾りをはじめとした盗難、暗殺に使うための毒薬の入手まで自分の手を一切汚すことなく、女官たちを裏から操って実行していた。そして峰花自身は無関係な善人を装い、信頼を集め続けたんだ」

「……本当に間違いないんですか？　峰花がそんなことを指示していたなんてやっぱり信じられません……」

「まあ、そう反応するのが当然だろうな。女官一人が企む内容にしては執拗で手が込んでいた」

「その、そうじゃなく……峰花がそんなことをするようには、私には見えなかったです」

飛竜は信じられないといった様子で笙鈴を見る。

「お前、この期に及んでまだ峰花を庇うのか？　そもそも、その峰花は偽物で、名を騙っていたに過ぎない。お前は罪を擦りつけられそうになって、毒殺までされそうになったんだぞ」

「でも……」

飛竜に峰花が犯人だと言われ、毒殺されそうになった事実があっても、笙鈴は峰花を憎み切れていなかった。峰花と過ごした時間はそう長くないものの、失敗ばかりの笙鈴に根気強く仕事を教えてくれた姿は忘れられないし、共に働いた時間には嘘はなかったような気がした。

そうではあるけれど、やはり気にかかっているのは、峰花の生い立ちだ。牢から連れ出された時の峰花の言葉は、皇族に強い恨みを抱いているように感じられた。それは以前起こった、仙皇国の皇位争いが原因だったのかもしれない。

――もう少し峰花のことを知っていたらこのような事態を止められたのではないかと、そう思えてならなかった。

そんな笙鈴の反応に呆れたのか、飛竜は大きな溜め息を吐いた。

「とにかく……氷水の食事に細工されるようになったのがいつからか確認したところ、峰花が後宮に戻ってきた時期と一致した。そうなるとやはり峰花が怪しいが、峰花自身が不審な動きをしない以上、理由もなく拘束しようとすればかえって取り逃がす可能性もある。ようやく峰花の息がかかった者を捕らえても、そいつらも峰花が利用するだけして、都合が悪くなって切られてしまった雑魚ばかりだった。どうすることもできないまま、時間だけが過ぎていった。そんな時にお前が現れたんだ」

「私、ですか……？」

「ああ。お前を利用して、まずは峰花を捕まえられないかと考えたんだ」

「……まず？」

どういう意味かと首を傾げる笙鈴を無視して、飛竜は続ける。

「皇后の首飾りが盗まれたと報告された時は驚いた。だが使えると思ってお前に積極的に首飾りを探させたんだ。孤立していた氷水と唯一親しいお前があちこちをうろついていれば、当然峰花は氷水から頼まれて首飾り探しをしていると考え、焦るだろう。そうしたら証拠となる動きを見せるかもしれんと思ってな」

だが峰花が自分で手を下したり、直接動いたりすることはなかった。そこで囮である笙鈴を峰花により接近させ、動きを誘発しようとした。

「そんな理由で私を氷水様付きの女官に任命したんですか……」

「だが、この選択は間違ってはいなかったぞ。お前も立ち会った毒見役が殺された事件で危うく犯人にされそうになっただろう。あれも実行犯は女官だったが、裏で糸を引いていたのは峰花だった。毒の瓶を氷水の部屋から見つけさせることで、毒見役殺しと首飾りの窃盗、どちらの罪もお前に被せようとしていたんだ」

「そうだったんですか⁉」

思いがけない話に飛び上がりそうになったが、飛竜はなんでもないように話を続ける。

「捕まえた犯人の女官を尋問したら、最初こそ何も話さなかったが、峰花の名前を出した途端に洗いざらい吐いたんだ。峰花に弱みを握られていたらしいな」

「弱み？」

「その女官はな、峰花に利用される前から氷水が持つ宝飾品や他の女官たちの持ち物をくすねていたんだ。郷里に住む家族を養うために、どうしても金が必要だったらしい。そこを峰花につけ込まれた」

女官によると、たまたま他の女官の部屋から宝飾品を盗んでいる現場を峰花に見られてしまったそうだ。そして黙っていてほしいなら言うことを聞くように脅（おど）されて、毒見役に毒を盛ったという。

「毒も峰花が渡してきたと言っていたそうだ。氷水の部屋に隠すように命じたのも峰花だ。お前に瓶を拾わせて氷水の部屋を物色していた証拠にし、首飾りを盗んだ罪を被せるつもりだったからだ」

「でも、私が瓶を見つけなかったらどうするつもりだったんでしょう？」

「見つけずとも、お前は氷水の部屋を掃除を担当していただろう。何か他の手で濡れ衣を着せられていたはずだ」

確かに最も長く氷水に仕えていた峰花は、氷水だけでなく、氷水付きの女官の予定は全て把握し、仕事の割り振りも行っていた。

その時のことを思い出し、笙鈴はふと気付く。

「毒見役の女官が倒れた時、峰花は瓶の中身が毒だと言ったんです。峰花が毒に詳しいから言い当てたと思っていました。でも、触るだけで種類が分かるなんて、なんとなく違和感があって……それは、実際は毒を用意したのが峰花だったから知っていたということですか？」

「そうとしか考えられないだろうな。瓶の中身や毒の特性が説明できれば、自ずとその場にいる人間は峰花を信用する。そして峰花は意見を操作し、周囲を巻き込んでお前を犯人にできる。後は仲間の衛兵を待機させておいて、お前を連行するふりをしながら自害に見せかけて殺すつもりだったんだろう。そうすれば、自分たちに疑いがかからなくて済むからな」

あの時は恭と憂炎がやってきて笙鈴は殺されずに済んだ。しかしなぜ憂炎が笙鈴を庇うようなことをしたのかはまだ理解できなかった。

それを聞こうとする前に、飛竜は話を続ける。

「……とにかく、この時は峰花はお前を消し損ねたし、俺たちも取り押さえるのには失敗した。だから峰花が行動に出る次の機会を誘発するために、お前に首飾りを見つけさせたんだ。お前に探す場所を指示したのも、全ては俺が用意した首飾りを見つけてもらうためだった」

「えっ。じゃあ、あの首飾りを置いたのは竜さんだったんですね？　ということは、あれは皇后様の首飾りとは別物なんですか」

笙鈴は、首飾りを見た氷水が違和感を覚えていた理由をようやく理解する。憂炎に苦し紛れに本物の首飾りは別にあると伝えたが、それは事実だったのだ。

顔を上げた笙鈴に飛竜は頷く。

「ああ、氷水の手元にあったものではなく、別の首飾りだ。お前が首飾りを見せに来た時、それは確認できた。そこで次の行動に移すことにしたんだ」

飛竜は一呼吸置いてから話しだす。

「首飾りが見つかれば、盗んだものが発見されたのかと慌てた峰花か奴の共犯の女官が動くだろうと予想した。そこであらかじめ衛兵たちに命じていたんだ。氷水に渡す瞬間を狙い、お前を首飾りを盗んだ犯人として捕らえるようにと……そうすれば今度こそ峰花は、濡れ衣を着せたままお前を消すだろうと思ってな。同時に証拠集めのために、峰花からの通報をぎりぎりまで待つようにとも伝えた」

そして峰花は飛竜たちの思惑通りに動いた。笙鈴が氷水に首飾りを渡す直前、峰花は笙鈴が氷水のものを盗んだ疑いがあると衛兵に訴えていたのだ。

峰花は笙鈴の様子を気にかけており、首飾りを見つけた直後の笙鈴にも遭遇していた。そして笙鈴の様子から、首飾りを笙鈴が見つけてしまったと考えたのだろう。

「ちょっと待ってください……じゃあやっぱり、衛兵に私を捕まえさせたのは竜さんの指示でもあったんじゃないですか！」

笙鈴が膨れっ面になると、飛竜は肩の力を抜きながら「悪かった」と呟く。

「それでも、どうにかして峰花を捕らえたかったんだ……自分の手足にしていた共犯の女官たちの身動きが取れなくなれば、必ず峰花が動くしかないだろう？」

そう説明する竜だが、笙鈴の耳には入っていない。

「衛兵には知らせてないとか言ってたのに、嘘だったんですね！　酷いですよっ」

「わめくな。牢に入れることは、お前の身を守るためでもあったんだぞ。居場所が分かっていれば峰花から守りやすい。一般には知られていないが、身分が高い者用の牢だから、罪人用の牢よりも居心地はよかったはずだ」

このため、同じ皇族か皇族が許可を与えた者しか入れないのだという。

「そ、そうだったんですね……でも居心地がよかっただろうと言われても、罪人用の牢に入れられたことがないので比較のしようがないです。それに守るためとか言いますけど、食事を持ってきた峰花に毒殺されそうになりました」

「だが、結局それも俺の予想通りだった」

飛竜はどこか得意げに鼻を鳴らす。

「そこからは牢でお前に話した通りだ。狙い通り峰花がお前を殺そうと動いたというわけだ。ああ、話し忘れていたが、別の収穫もあったな。氷水付きの女官たちを拘束する前に、その中の一人が皇后の首飾りの隠し場所に行き、首飾りを手にしているところを衛兵が捕らえたんだ」

「ということは、皇后様の首飾りは見つかったんですね！」

笙鈴が顔を輝かせると、飛竜も満足そうに笑みを浮かべた。

「ああ。ごみ捨て場の中に隠されていた。大切そうに布で包まれていたよ。女官たちが怪しまれているこの状況で峰花が足がつくようなことをするとは思えないから、その女官の独断だろうな。その場で女官を捕らえて尋問したら、峰花との繋がりを白状したよ」

その女官もまた峰花に弱みを握られている者だった。彼女は峰花の命令で首飾りを盗んだが、峰花のとりなしでそのことは隠され、氷水への嫌がらせによる解雇を免れていたのだ。そして自分が盗んで隠したはずの首飾りを笙鈴が持っていたとの噂を聞いて、心配になって見に来たところだったらしい。

「それを理由にして、峰花を捕まえられなかったんですか？」

「峰花のことだから、その女官が勝手にやったとか、無関係な自分の名前を出したと言って、自分の無実を訴えるだろう。もう少し、峰花を追い詰める理由が必要だった。そうなると、やはり鼠娘の毒殺の犯人として捕まえるしかなかったんだ。そして今度は鼠娘に死んだふりをしてもらうことで峰花に尻尾を出させることにした。そこで早朝に、睡眠薬を混ぜた饅頭(マントウ)を渡したんだ」

「どうりで、やたら眠かったわけですね」

笙鈴が朝餉を前に眠ってしまった時のことを思い出すと、飛竜は「量については入れ過ぎたらしいな」と苦笑していた。

「だが、夕餉に使われた毒はトリカブトの毒で、それも致死量だった。致死量に達するほどのトリカブトを口にしているのに鼠娘に何も起こってないと怪しまれるだろう」

峰花の差し入れの粥で死んだ魚を飛竜が調べさせた結果、トリカブトの毒だと判明した。その後、峰花が朝餉を運んだと聞いた飛竜が牢の様子を見に行ったところ、匙を持ったまま睡眠薬の効果で眠っている笙鈴を見つけたのだ。

飛竜は笙鈴が死んだと思わせるために笙鈴の懐に温石を入れ、触れられた時に生きていることを悟られないようにした。そして見張りの衛兵にも口裏を合わせるようと告げ、その場を後にしたのだ。

「城の中をくまなく探したところ、トリカブトの毒が入っていたと思しき空の壺を氷水の部屋に面した中庭の池から見つけた。それとほぼ同時に、朝餉を持っていった峰花がお前を見て死んだと思ったんだ。峰花はあらかじめ抱き込んでいた医官にお前が他殺ではなく、自害を図ったと診断してもらうつもりだった。ただし牢に医官を呼ぶにも皇族の許可がいるし、抱き込まれた医官はいつもの後宮の医官ではない。峰花は死因を隠すためにお前を牢から連れ出すだろうと予測して、憂炎や恭や衛兵たちを待機させていた」

あの時、どうして憂炎たちが現れたのかと思っていたが、全て飛竜の指示によるものだったらしい。

「そこから先はお前も知っての通りだ。峰花は逃げた。そして――代わりに別の狙いでお前を殺そうとしていた憂炎が行動に出た」

「私を……憂炎様が……」

笙鈴は思わずそう口にする。「信じられない」と言いたかったが、飛竜の沈痛な表情を見て何も言えなくなった。

飛竜は最初、事件は全て峰花の企みだとばかり思っていた。だがどこか違和感を覚え、独自に調べを進めていたのだという。

「憂炎は、峰花が共犯と思っていた衛兵と通じていたんだ。峰花に直接指図はしていないが、衛兵を通して入れ知恵をし、峰花の行動を誘導していた」

毒見役の毒殺事件を通じて峰花は笙鈴を殺そうとするだろうから、そこを押さえようと飛竜は考えていた。しかしなぜか笙鈴を犯人に仕立てる寸前で、峰花や衛兵が行動をやめたので不審に感じたのだ。

その際、飛竜は恭に笙鈴の様子を見に行くよう伝えていたが、なぜか指示が間に合わなかったはずの憂炎までその場にいた。このことにより、飛竜は憂炎が怪しいと考え始めたという。

「憂炎は疑いが自分に向くことのないよう立ちまわっていた。衛兵と通じ、峰花に手を貸して、お前を消すつもりが……恭という邪魔が入ったから未遂でやめた。そして逆に自ら事件を調べ、手の内を明かして解決したように見せた……解決の手際がよすぎたせいで、結局、疑いが確信に変わったがな」

飛竜は笑みを浮かべたが、それは苦々しいものだった。

「そこで憂炎には、俺が峰花と衛兵が犯人と見ていることを伝え、泳がせた。俺の真意がばれない程度に、恭に見張らせながらな。残りは説明するまでもないだろう……

憂炎は峰花と衛兵にすべてを擦りつける算段で、お前を始末しようとした。衛兵を装っていた男は元々傭兵だったようだが、憂炎とは皇位争いの時にでも知り合ったんだろう。移植のことを衛兵を通じて峰花に吹き込んだのも憂炎のはずだ」

重い沈黙が続き、笙鈴も一緒に黙ってしまう。

皇帝は皇后を亡くした際に信用していた臣下に裏切られて心に傷を負ったと聞いた。またしても皇帝は——飛竜は信頼していた部下に裏切られてしまったことになる。

しかしなぜ憂炎はこんな騒ぎを起こしたのかが笙鈴には分からなかった。笙鈴が黙っていると、飛竜が口を開く。

「リン——前皇后の死は毒殺だと言っただろう」

「はい」

「あれも花家——いや、憂炎の仕組んだことだったんだ。毒見役が変更になるように手を貸した。そして自分の所業の身代わりに、前皇后毒殺の犯人として高官の一族が処刑されるのを見ていたというわけだ。高官は自分の娘が皇后になることを望んでいたからな。皇后を殺せただけでなく、花家にとっては同じように外戚政治を企む政敵が減らせる絶好の機会だったんだ」

「えっ……」

それを聞いて、笙鈴は絶句した。つまり飛竜が信頼していた高官を唆したのは、同じく飛竜の腹心である憂炎だったということだ。

呆然としている笙鈴をよそに、飛竜は淡々と言う。

「皇帝は代々、花家から嫁を娶ってきた。そして憂炎の一族――花家は、長らく外戚として政治を牛耳り、この国での地位を保っていた。その権勢は時の皇帝をも凌ぐほどだ。だからこそ皇后が花家の娘であることは、花家にとって絶対だった……皇位争いで俺に助力してくれ、俺の治世を信じると言った憂炎までもがそうだとは、こんなことになるまで思いもしなかったが」

竜は一瞬目を伏せたが、すぐに続けた。

「とにかく憂炎は、西の国の人間であるリンが皇后の座に着いたのが気に食わなかった。そして、西の国の血を継いだ氷水のこともな」

「つまり、いつかは本当に氷水様のことも……」

「ああ。憂炎は峰花の恨みを利用して、氷水に協力するお前や、氷水を殺そうと企んでいたわけだ。散々利用した挙句、土壇場であっさり切り捨てたがな」

笙鈴は衝撃を受け、言葉を失ってしまった。そんな笙鈴の方を見て、飛竜は翳りのある表情で呟く。

「花家は仙皇国と皇帝の権威を重んじて排外的な政治に固執し、西の国も敵視していた。しかし国が治まるなら、力を持つのが外戚だろうが皇帝だろうが民にとっては変わらんだろう。俺も権力や皇位に興味はない。だがリンや氷水、それに……」

飛竜は一度言葉を切った。

「とにかく、俺の大切なものに危害を加えるなら別だ。皇位争いに始まり、西の国との不安定な関係、皇后の暗殺……国は荒れている。だがここにいる間は、お前に絶対に手出しはさせない。お前は俺の……娘の大切な友人だからな」

「……な、なんだ。竜さんにとっては友達じゃないんですね。その……私は友達だと思っていましたけど?」

それを聞いて、笙鈴はなんとなく寂しくなり、拗ねながら言う。

笙鈴の言葉に飛竜は驚いた様子で、「当然だろう」と口角を上げた。

「俺の料理を美味いと言って食べるのはお前くらいだ。そんな貴重な鼠をなくしてたまるか」

「そうですか……」

だが、それは友人としてではなく、つまみ食いする鼠として——餌付け相手として大切という意味ではないだろうか。

そう考えた時、笙鈴はふと思った。

「竜さんや他の人たちは、なんで竜さんの料理を食べないんですか？　あんなに美味しいのに……」

「料理はただの趣味だし、後宮の情報を収集するのに都合がいいから料理人のふりをしていただけだ。自分で自分の飯を食っても味気ないだけだしな」

飛竜はそう説明してから、「それだったらお前に食べさせて反応を見た方がずっと面白い」とおかしそうな顔で続ける。

「お、面白いってどういうことですか⁉」

料理だけでなく飛竜との時間も楽しんでいた笙鈴は心外に感じ、頬を膨らませる。

「腹をぐーぐー鳴らしながらたらふく食べていたのはどこの誰だ」

「うう……」

しかし飛竜にそう言われ、恥ずかしさで黙るしかなかった。

笙鈴が静かになっていると、竜は自分の懐に手を入れる。瑠璃色に輝く大きな石がついた首飾りを取り出した。

「それって……」

「氷水がなくしたと言っていた皇后の首飾りだ。そしてもう片方はお前が見つけてきた首飾りだ。どちらも衛兵から預かっておいた」

飛竜は右手に皇后の首飾り、左手に笙鈴が見つけた首飾りを持った。まるで対になっているかのように、二つの首飾りは石の大きさや形、意匠が同じだった。

「そっくりですね……」

「この首飾りは二つ一緒に作られるものなんだ。西の国では生まれてきた子供の成長を願って、母親と子供で揃いの首飾りをあつらえる風習があるそうでな」

皇后の母国では、病気や怪我をせず無事に成長するように、子供が生まれた時にその子の瞳の色と同じ石を使った首飾りを二つ作る。魔除けや厄除けの意味があるのだという。

揃いとはいえ、子供の首飾りは最初母親が身につける。これは母親が子供を加護するという意味で、子供が成長して十歳になった時に母から譲られる。だがもし子供が十歳になるまでに母が死んだら、十歳未満であってもこの首飾りを譲り受けるらしい。

「その話をリンから聞かされていたから、俺はリンが亡くなった時に首飾りを氷水に渡したんだ。母親の形見と言ってな」

「なるほど。身につけていたのは皇后様ですが、元々は氷水様に贈られるためのものだったんですね……それじゃあ、私が見つけた首飾りは誰のなんですか？」

「俺のだ。まあ、正確には母親の——リンの首飾りだがな」

首飾りが母から子に譲られると、今度は母はもう一つの首飾りを身につける。

しかし母親が亡くなった時は、父親が代わりに首飾りを身につける。そのため、皇后が亡くなった後、もう一つの首飾りを飛竜が持っていたのだ。

「氷水が盗まれたという首飾りの特徴を聞いた時、すぐにそれがリンの形見の首飾りだと分かった。だから事件を解決するために俺が持っていた首飾りを利用させてもらった。大事な首飾りだが、娘を救うためだ。さすがのリンも怒らないだろう」

そう言うと、飛竜は「お前から返してくれ」と氷水の首飾りを笙鈴に投げてきたので、笙鈴は両手で受け取る。

「竜さんから返さないんですか？　見つけたのは竜さんなのに……」

「俺から返してどうする？　氷水はお前に探すように頼んだんだ。お前から渡された方が喜ぶだろう」

飛竜は顔を逸らすと、もごもごと口ごもった後に恥ずかしそうに顔を赤くしながら「それに……」と話しだす。

「リンが亡くなってから氷水とは滅多に顔を合わせていなかったから、何を話せばいいか分からないんだ。当たり障りのない話題しか触れられないから、会話がなかなか続かない。氷水も俺の前だと緊張するみたいだ……だから、その……氷水の友人であるお前から返してやってくれないか……」

笙鈴はぽかんとしてしまったが、やがて小さく吹き出すと声を上げて笑ってしまった。

「竜さんにも苦手なことがあったんですね！　でもそれなら普段からもっと氷水様に会えばいいのに……」

顔を紅潮させた飛竜が「笑うな、鼠娘！」と声を張り上げるが、それで笙鈴の笑いが止まることはなかった。笑い過ぎて目尻に溜まった涙を指で拭っていると、飛竜はそっと零す。

「氷水のことは心配だが、どんな顔をすればいいか分からん。母を死なせたのも、幾度も危険な目に遭わせたのも、皇位争いをするような血腥（ちなまぐさ）い国にリンを娶ったせい……つまり、ほとんど俺のせいのようなものだしな」

飛竜は痛みを堪えるように目を伏せた。

「竜さん……」

飛竜は遠くから氷水を守ることが娘を守る最善の策だと考えたのだろう。たとえ直接触れ合えなくても、離れたところから娘の身を守り続ける。これまで数多くの女官や衛兵たちを後宮から追い出してきたのも、峰花の件に限らず、氷水の身を守るためだったのだろう。そんな強過ぎる父性愛の結果が、「鬼」と呼ばれる原因となったのかもしれない。

飛竜を安心させようと、笙鈴は笑みを浮かべる。

「分かりました。私から氷水様に返しておきます。ところで、一つ聞いてもいいですか？」

「なんだ？」

「首飾りの裏にはなんて書かれているんですか？　皇后様の国の言葉らしいんですが、

氷水様も読めないそうで……何が書かれているのかずっと気になっていたんです」

「ああ。お前に渡した皇后の首飾りには、皇后の国の文字で『氷水』と書かれているんだ」

「竜さんが持っている首飾りには？　氷水様が、違う文字だと言っていましたが」

「俺が持っている首飾りには『リンディー』と書いてある。皇后の――リンの名前だ」

「リンディー様、ですか……」

仙皇国との政略結婚として西の国から嫁いで来た皇后――リンディー。雪のように白い肌に日の光のような金の髪、氷水と同じ澄んだ青い目をしており、自由奔放な性格だったという若き皇后。飛竜の妻であり、氷水の母親であり、この国の皇后だったというリンディーは、一体どんな人物だったのだろうか。

(きっと、素敵な人だったんだろうな……)

そうじゃなければ、今も飛竜や氷水からこれほどまでに慕(した)われていないだろう。氷水に食の大切さを、飛竜に人としての在り方を教え、若くして儚くなってしまった。けれども、皇后が教えたものは今も氷水と飛竜の中で確かに息づいている。

(会ってみたかったな)

今度こっそり皇后が眠る霊廟に参ろう。そして、飛竜や氷水のことをたくさん話そう。

笙鈴はそっと亡き皇后を偲（しの）んだ。

飛竜の部屋を後にした笙鈴は、その足で氷水の元に向かった。

すでに飛竜が話を通してくれていたのか、下級女官の笙鈴が氷水の部屋に通じる赤い柱が並ぶ渡り廊下を歩いていても、上級女官たちは視線を送ってくるだけだった。いつものように邪険にすることも、汚いものを見た時のように眉を顰（ひそ）めることもない。

氷水の部屋の前まで行くと、笙鈴は軽く深呼吸をしてから扉を叩いた。

「皇女様、笙鈴です」

「笙鈴⁉　笙鈴が来たの！　中に入れて！」

中から氷水の声が聞こえてきたかと思うと、しばらくして氷水付きの女官が扉を開けてくれる。女官に続いて中に入ると、窓辺に置いた椅子に座って書を読んでいた氷水が駆け寄ってきた。

「あのね。お父様に言われてお部屋で待っていたの。お父様とのお話が終わったら、笙鈴が来るからって」

「そうでしたか……」

やはり、最初から首飾りを笙鈴の手で返させるつもりだったようで、飛竜が氷水を含めて周囲に根まわしをしていたらしい。

何を渡されるのか期待するような眼差しを向けてくる氷水の姿が、土産を期待する時の弟妹たちの姿と重なり、自然と笑みを浮かべてしまう。

「氷水様、遅くなりましたが、今度こそ氷水様の首飾りを見つけました。お渡しします」

両手を差し出した氷水の掌に懐から出した首飾りを置くと、彼女は裏返しにして石の文字を確かめる。そして青い瞳を大きく開いたまま固まってしまった。笙鈴が心配になって、膝を床につけて目線を合わせたところで、氷水の青い両目から涙が溢れてきた。

「氷水様……⁉」

これには笙鈴だけではなく、隅に控えていた女官たちも色めき立つ。すると、氷水は涙を拭いながら「なんでもないの！」と口にした。

「なんだか涙がたくさん出てきて、止まらなくなっちゃったの……悲しくないのに！　うれしいのに……！」

「……安心したんですね。それで涙がたくさん出てきたんです」

「安心しても、涙は出てくるの……？」

「はい。安心した時も涙は出てくるんです。安心したということは嬉しいということでもあるので」

「うれしい……そっか、うれしいんだ。お母様の首飾りが見つかってうれしいんだ……」

大切そうに両手で首飾りを握りしめた氷水は、手巾を持って近づいてくる女官を止めると笙鈴に向き直る。

「笙鈴、首飾りを見つけてくれてありがとう！」

そうして浮かべた氷水の笑顔は、まるで春の雪解けを待っていた蕾の花が開いたように、可憐で愛らしいものだった。これには笙鈴も見惚れてしまう。

「無事に見つかってよかったです」

「それでね。もう一つ、笙鈴にお願いしたいことがあるの……いいかな？」

「なんですか？」

氷水は笙鈴の耳元に顔を近づけると、他の女官たちに聞かれないように声を潜める。

「あのね。会ってみたい人がいるの。その人のところに連れてってくれる？」

第十章　餌付け再開とそっくりな親子

その日の夜、仕事を終えた笙鈴(ショウリン)は後宮の奥まった場所にある古ぼけた建物にやってきた。建物から漂ってくる匂いに空腹を刺激されながら入ると、そこには韮(にら)と葱(ねぎ)と大蒜(にんにく)が混ざった香りが充満していた。

「この場所って、元々は皇后様の建物だったんですね？」

笙鈴は部屋の中ほどに見える人影に尋ねる。

背中を向けている人影は油染みで汚れた藍鉄色の長袍(チャンパオ)を着て、長い漆黒の髪を頭の上で一つに結んだ――いつもの姿の竜(ロン)だ。餃子を包みながら答えてくれる。

「元は誰も使っていない場所だった。それをリンが見つけてきたんだ。誰にも知られずに料理をするために」

いつもここに来る時は、壁の穴を通り、中庭を抜けてきたので気付かなかったが、この場所は皇后の部屋からあまり遠くない。建物の陰沿いに歩けば、この場所まで誰にも知られずに来られるだろう。

「皇后なのに料理をしていたんですか……」

「故郷の西の国でもやっていたらしいな。両親である国王夫婦や、乳母たちには止められたが、王宮の料理人に無理を言って料理を教えてもらったと言っていた」

小麦粉で手を真っ白に染めながら、餃子を包む手を止めずに竜は話し続ける。

「こっちに嫁いで来た時から、リンはずっと料理をしたいと言っていた。皇后専属の料理人から仙皇国の料理を教わりたいと言ってな。俺は止めたんだが、あいつは聞く耳を一切持たなかった……とうとう空いている家屋を見つけてくると、ここを皇后専用の厨(くりや)にすると宣言した。俺が改修に必要な費用を出さないと言うと、私財を出してまで事を進めたんだ」

料理を教わりたいという皇后の命令に料理人が逆らえるわけもなく、また竜もここまで来たら言っても無駄だと諦めた。そのため皇后の希望通りに建物の改修が行われ、空き家は皇后専用の厨となった。そして皇后は時間さえできれば、厨に専属の料理人を呼んで料理を習っていたとのことだ。

その時のことを思い出したのか、竜は手を止めるとそっと息を吐く。

「最初は料理の何が楽しいのかまったく分からなくてな。ただ見ているだけだったが、そのうちに、俺も料理をするようになった」

「竜さんも……？」

「最初は包丁の持ち方すら知らなかった。皿の洗い方もな。だが教わるうちに、料理の面白さを知った。故郷も姿形も違う食材が一つの料理になるんだ。まるで国みたいだと思ったよ。どんな国だって最初はばらばらだが……国を造るという一つの目標を持つことで、ようやくまとまる。そう思うと興味が湧いてな。料理の魅力に取りつかれてリンと共に色んな料理を作った。そうするうちに、いつの間にか料理の腕も上達していたんだ」

「皇后様が亡くなってからも、ずっと……？」

「いや、一時期は避けていた」

竜はそう言って一度言葉を切り、しばらく何かを考える顔をした。包み終わった餃子を並べると、また別の皿から皮を取って具材を包む。

「料理を再開したのは最近だ。考え事をする時は手先を動かすと落ち着くからな。それには料理が最適だった」

笙鈴は竜の言葉を聞き、なぜか胸が痛いような気がした。皇后が竜にとって今も大切な人であることが伝わってきたからだ。

しかしそのことでなぜ胸が痛いのかはよく分からないまま、誤魔化すようにして話を続ける。

「へぇー。そんな理由だったんですね。ところで竜さん、あの……一つお願いしたいことがあるんですが」

「なんだ。言いづらいことなのか？」

「えーっと。実は竜さんに弟子入りしたい人を連れてきていまして……」

「弟子だと？　誰だ、そいつは？」

初めて笙鈴の方へ振り向いた竜は、持っていた餃子を卓の上に落とす。しばらく呆気に取られた後、眉間に皺を寄せて呟いた。

「……氷水（ビンスイ）」

笙鈴の背から顔を出している氷水は、料理する父親の姿を初めて目にし、緊張したような面持ちをしていた。

「こんな時間に勝手に氷水を連れ出したのか……⁉」

怒気の含まれた地の底から響いてくるような竜の声に、笙鈴は「ひっ!」と縮み上がる。

「い、いやー、氷水様に首飾りを渡しに行ったら、今までお料理を作ってくれた料理人に会いたいって話していたので……」

「だからって、お前な……」

二人が話していると、笙鈴の後ろから出てきた氷水が竜の元に歩いていく。

「笙鈴を怒らないで、お父様。わたしがお願いしたの」

「そうだけどな。お前の身に何かあったら困るのは俺だけじゃないんだ。お前を守る衛兵や世話をする女官、そこの鼠娘だって……」

「ごめんなさい。でもね、どうしてもお父様にお話ししたいことがあってきたの」

「どうした?」

竜が氷水の身長に合わせて膝をつくと、氷水は竜の耳元に顔を近づける。

「あのね……今まで美味しくて、温かいお料理をたくさん作ってくれてありがとう。それでね……」

氷水は竜から離れると、牡丹の花が咲いたような笑みを浮かべる。

「わたしも一緒に作ってみたいの……ダメ、かな……？」

上目遣いで懇願するように、竜を見つめる氷水。その視線から逃れるように視線を逸らした竜と目が合い、笙鈴は小さく笑う。

「竜さん、私が初めて氷水様に料理を持っていった時、部屋の窓から覗いていましたよね……」

「そ、それは……」

「他の女官に聞きました。黄色を身に纏えるのは皇族だけだって。氷水様じゃなければ、あの場にいたのは竜さんですよね？」

笙鈴は氷水と食事をしていた時、窓の外を黄色いものが横切ったのを思い出しながら尋ねた。

氷水付きの女官をしている時に他の女官から聞いたが、代々、黄色は最も高貴な色として扱われており、この国では皇族しか身に纏うことを許されていないらしい。黄色はこの国の国土を表すと同時にこの国の初代皇帝がこの色を愛していたという逸話から、皇族の色とされるようになったとのことだった。

「氷水様にも聞きましたが、式典などで人前に出る時は黄色を身につけるそうですね。

竜さんも他の官吏たちと会う時は黄色の衣を纏うんじゃないかと思って……どうしてこっそり様子を見に来たんですか？　気になるなら、中に入ってくればいいのに」

「お前たち二人の邪魔をするわけにいかないだろう。自分が作った料理の出来ばえは気になるが……」

「聞きに来ればいいのに……美味しかったですよね、氷水様」

「うん！　お父様が作ったお料理、どれも美味しかったよ！」

二人で顔を見合わせて「ねー！」と笑い合うと、竜は根負けした様子で、大きく息を吐く。

「分かった……教えるよ」

「本当⁉」

「でも、今度からは他の女官にここに来てもいいか聞いてから来るんだ……いいな？」

「わかった！」

「まずは手を洗ってこい」

竜に言われると、氷水は「はーい！」と返事をして弾むような足取りで駆けていく。

笙鈴がその後ろ姿を見送っていると、竜に片頬をつねられた。

「お前は勝手に氷水を——皇女を連れ出すんじゃない。誘拐犯として捕まえられても知らないぞ」

「いたた……行き先は竜さんのところだし、いいじゃないですか。それにもし捕まっても、竜さんが助けてくれますよね？」

「次も助けるとは限らないぞ。人のことを『鬼』と呼んだのは、まだ許していないからな」

「あれは私が言ったんじゃなくて、後宮内で勝手にそう呼ばれてるというだけで……それにあの時は竜さんが皇帝だなんて知らなかったですし……」

確かによくよく考えると、後宮内の見取り図を持っていることや皇帝の側近である憂炎（ユーエン）や恭（キョウ）と顔見知りであること、皇族しか入れない牢に出入りしていたことから、竜が皇帝の飛竜であると気付いてもおかしくなかった。だがまさか皇帝自らがこんな古ぼけた建物でひっそり料理を作っているとは、考えもしなかったのだ。

「それでも皇帝に向かって『鬼』とはなんだ。この鼠娘」

「そういう竜さんだって、嫁入り前の娘に向かって『鼠』は失礼じゃないですか！」

二人で言い合っていると、可愛らしい笑い声が聞こえてきた。一緒に振り返ると、そこには鈴を転がすような笑い声を上げる氷水がいた。

「氷水、これは……」

「お父様と笙鈴って、仲よしなんだね！」

「仲よしじゃない」

不機嫌そうにムッとした竜がとっさに言い返し、その姿がおかしくて、笙鈴も声を上げて笑ってしまう。

ばつが悪くなったのか竜は居心地が悪そうにしながらも、氷水を促して調理用の卓に連れていく。

「何を作っているの？」

「餃子だ。いいか、氷水。餃子はこうやって包むんだ」

竜が餃子の包み方を教えると、氷水も見よう見真似で餃子の皮を持って指先で具材をつまむ。しかし具材の量が多かったのか、包んだ時に皮が破れて具材が溢れてしまった。

不服そうな顔をした氷水に、竜は温かい笑みを浮かべる。

「誰だって最初はできないものだ。これから上手くなればいい」

「お父様も……？」

「ああ。最初は俺もできなくてリンに——お前の母親に怒られてばかりいたぞ」

「お母様もお料理をしていたの？」

「あいつは料理の達人だった。なんでも作っていたからな」

「わたしも、お母様みたいになれる……？」

「なれるさ。お前は俺たちの自慢の娘だからな」

そんな親子の会話を笙鈴が微笑ましく聞いていると、急に竜が「おい」と声を掛けてくる。

「見ているだけなら、鍋や皿の用意くらい手伝え。タダで飯を食っていくつもりか？」

「えっ⁉　だって、私は一仕事したばかりですよ。首飾り探しという大きな仕事を……」

「あの働きぶりだと、まだまだお前に食べさせた分には程遠いな……ということで、これからも頼んだぞ」

「頼んだって、何をですか……？」

「これからも俺の代わりに後宮内を駆けずりまわって、俺の目が届きにくい後宮の隅々まで様子を見て、知らせてくれ。下級女官ならそういったところにも入りやすいだろう。さながら皇帝の密偵（みってい）だな」

「密偵⁉　嫌ですよ！　そんな大変なこと……」

「やってくれるなら、これからも料理を食わせてやる。食い物の匂いに釣られてやってくる鼠に餌をやるようにな」

「結局餌付けじゃないですかっ」

その時、氷水が「できたっ！」と声を上げる。

「お父様、笙鈴、見て！　わたしもきれいに包めたよ！」

愛らしい笑みと共に綺麗に包まれた餃子を見せられた二人は、すぐさま言い争いをやめて氷水に笑顔を向けた。

「当然だろう。俺の娘だからな」

「皇后様の娘だから、じゃないんですか」

「言ったな。鼠娘」

両頬を竜に引っ張られた笙鈴は「いたたたた……」と涙目になりながら、年下の友人を見る。

幼い皇女は初めて綺麗に包んだ餃子を大切そうに持ちながら、父親である皇帝とそっくりな笑みを浮かべていた。

それから竜が焼いてくれた餃子――氷水が火傷したら大変だからと自分が焼くと言って聞かなかった――を食べた後、氷水は竜が呼んだ恭に連れられて、自分の宮に帰っていった。

「明日も来ていい？」

帰り際、心細い様子でそう何度も尋ねる氷水に、竜は料理人でも皇帝でもない、父親の顔をして答えた。

「いつでも来ていい。女官長には俺から伝えておく」

そうして小指を絡めて最後に親指を合わせる。約束を交わした氷水はとても満足そうな笑みを浮かべていた。

残った笙鈴は竜と一緒に後片付けを済ませる。皿や鍋を綺麗に拭いたところで、ようやく一息ついた。

「やっと終わった〜」

卓に顎を乗せてぐったりと突っ伏していると、竜が目の前に黒い器と匙を置く。中には賽の目状に切った白い豆腐に似たものが入っている。

「これはなんですか？」

「豆花（ドウホウ）。豆腐に似た甘味だ。餃子だけだと足りないとわめきそうだからな」

相変わらず口の悪い竜にムッとするが、笙鈴は堪えた。

「……豆花（ドウホウ）なら知っています。でも、故郷で食べた時は塩辛いものでした」

「食べ方は地方によって違うらしいな。今回作ったのは鳥州や風州で食べられている甘い味つけのものだ。砂糖を溶かした蜜（みつ）をかけるらしい」

そう言って竜は手に持った器からどろりとした黒い糖蜜を匙で掬い、笙鈴の豆花（ドウホウ）にかける。自分の豆花（ドウホウ）にも同じようにした後、建物の外を指した。

「せっかくだ。月でも見ながら外で食べないか？」

豆花（ドウホウ）が入った器を手に屋外に出ると、笙鈴は厨近くの手ごろな石に腰を下ろす。

欠けた春月を眺めながら豆花（ドウホウ）を口にすると、喉ごしのいいつるりとした食感と糖蜜の甘さに、ここ数日の疲れが癒（いや）される。豆乳を固めたものでありながらも柔軟な口当たりをしているからか、粘着性のある糖蜜との組み合わせが最高で、想像以上に甘味として素晴らしい。これなら毎日でも食べたいくらいだ。

「甘い豆花(ドウホウ)も美味しいですね！　これなら果物を混ぜても合いそうです」

糖蜜が月明かりを反射してわずかに光る。

一方で竜は桜の木に寄りかかりながら、物思いに耽るような顔をしていた。

「……竜さん？」

竜の様子が気になり、笙鈴は声を掛けた。

「……自分が知らない間に氷水が成長していたことが感慨深くてな。料理がしたいと言いだしたのも、母親の血によるものか」

「どちらの血もしっかり引いているんだと思います。だって竜さんも言ったんですよね。皇后様に料理を教えてほしいって」

「そうだな。頼んだというより、半ばリンに巻き込まれるような形だったが……今は料理を教わってよかったと胸を張れる。氷水と話すきっかけにもなった……料理は人の絆を作るものだとよく分かったからな」

竜は顔にかかる長い黒髪を耳にかけると、豆花(ドウホウ)を食べる。その表情にどこか哀傷(あいしょう)が漂っているのは、まだ皇后が亡くなったことに心を痛めているせいだろうか。

寂しげに目を伏せながらも、「上出来だな」と口にする艶のある横顔を見つめていると、ふいに竜と目が合ってしまう。

その瞬間、笙鈴の胸がドクンと大きく高鳴った。

（あれ、どうして竜さんを見ていると身体中が熱くなって、心臓が音を立てるんだろう？　変な感じ……）

首飾りを探している間は花冷えした日もあった。風邪でも引いたのだろうかと自分の胸を押さえて首を傾げていると、竜が近寄ってくる。

「胸焼けでも起こしたのか？」

「ち、違いますよ！」

そう言って誤魔化しながら、笙鈴は豆花を頬張る。

（なんだろう、気のせいだよね……？）

胸のざわめきを抑えるように豆花を食べていると、笙鈴の器の中に桜の花びらがはらりと一枚落ちてくる。

見上げれば、葉桜に変わりつつある桜の木が風にそよいで、淡い色の花びらが舞い散っていた。

「もうすぐ桜の季節も終わりですね」

「そうだな。いつの間にか葉桜に変わろうとしている」

「これで庭掃除が楽になるからいいですね！　桜は綺麗ですが、風で花びらが飛び散るので、庭掃除が大変なんですよね〜」

「風情より食い気とは……さすがだな、鼠娘」

「も〜！　うら若き乙女に向かって失礼じゃないですか！　私だって風情ぐらい理解できます！　これは女官としての言葉であって、本当の私は目でも口でも桜を味わっています！」

「やっぱり食い気じゃないか。頼むから後宮内の桜は食わないでくれよ。そんなことをされたら、さすがに庇い立てできないからな」

溜め息を吐いて頭を振る竜に、笙鈴は拗ねたように頬を膨らませる。

その顔がおかしかったのか、竜は破顔した後に、いつもの斜（しゃ）に構えた態度で笙鈴の頭を乱暴に撫でた。

「今回は世話になった。これからもよろしく頼む」

いつになく竜の笑みが冴えわたる。月明かりを浴びる夜桜の下で口元を綻（ほころ）ばせる竜が、いつもより何倍も魅力的に思えた。

桜が散り、もうすぐ皇后の慰霊祭が待ち受けている。その時にはどんな事件が起こるのだろうか。

そんな心配もよぎるが、今は甘い豆花（ドウホウ）に笙鈴は舌を鳴らすのだった。

後宮の不憫妃

転生したら皇帝に“猫”可愛がりされてます

枢 呂紅
Roku Kaname

私を憎んでいた夫が突然、デロ甘にっ!?

初恋の皇帝に嫁いだところ、彼に疎まれ毒殺されてしまった翠花。気が付くと、彼女は猫になっていた!　しかも、いたのは死んでから数年後の後宮。焦る翠花だったが、あっさり皇帝に見つかり彼に飼われることになる。幼い頃のあだ名である「スイ」という名前を付けられ、これでもかというほど甘やかされる日々。冷たかった彼の豹変に戸惑う翠花だったが、仕方なく近くにいるうちに彼が寂しげなことに気づく。どうやら皇帝のひどい態度には事情があり、彼は翠花を失ったことに傷ついているようで――

定価：726円（10%税込み）　ISBN 978-4-434-33361-3

イラスト：ノクシ

この作品に対する皆様のご意見・ご感想をお待ちしております。

おハガキ・お手紙は以下の宛先にお送りください。

【宛先】

〒150-6019 東京都渋谷区恵比寿4-20-3 恵比寿ｶﾞｰﾃﾞﾝﾌﾟﾚｲｽﾀﾜｰ 19F
（株）アルファポリス　書籍感想係

メールフォームでのご意見・ご感想は右のＱＲコードから、
あるいは以下のワードで検索をかけてください。

ご感想はこちらから

アルファポリス文庫

後宮の隠し事　～嘘つき皇帝と餌付けされた宮女の謎解き料理帖～

四片霞彩（よひらかさい）

2024年 3月31日初版発行

編　集－田中森意・芦田尚
編集長－太田鉄平
発行者－梶本雄介
発行所－株式会社アルファポリス
〒150-6019 東京都渋谷区恵比寿4-20-3 恵比寿ｶﾞｰﾃﾞﾝﾌﾟﾚｲｽﾀﾜｰ19F
TEL 03-6277-1601（営業）　03-6277-1602（編集）
URL https://www.alphapolis.co.jp/
発売元－株式会社星雲社（共同出版社・流通責任出版社）
〒112-0005 東京都文京区水道1-3-30
TEL 03-3868-3275
装丁イラストーボダックス
装丁デザイン－AFTERGLOW
印刷－中央精版印刷株式会社

価格はカバーに表示されてあります。

落丁乱丁の場合はアルファポリスまでご連絡ください。

送料は小社負担でお取り替えします。


ISBN978-4-434-33325-5 C0193